秋天的请柬

邵建华◎著

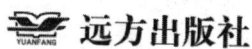
远方出版社

·呼和浩特·

图书在版编目（CIP）数据

秋天的请柬 / 邵建华著. -- 呼和浩特：远方出版社，2024. 10. -- ISBN 978-7-5555-2013-9

Ⅰ. I227

中国国家版本馆CIP数据核字第2024AF4663号

秋天的请柬
QIUTIAN DE QINGJIAN

著　　者	邵建华	
责任编辑	奥丽雅	
装帧设计	青年作家网	
出版发行	远方出版社	
社　　址	呼和浩特市乌兰察布东路666号　邮编 010010	
电　　话	（0471）2236473总编室　2236460发行部	
经　　销	新华书店	
印　　刷	永清县晔盛亚胶印有限公司	
开　　本	880毫米×1230毫米　1/32	
字　　数	155千	
印　　张	7.75	
版　　次	2024年10月第1版	
印　　次	2024年11月第1次印刷	
标准书号	ISBN 978-7-5555-2013-9	
定　　价	58.00元	

如发现印装质量问题，请与出版社联系调换

序

对于诗歌理论，我是个门外汉，学得很少，研究更谈不上，所以在写诗的时候，总是深一脚浅一脚，不知就里。

艺术来源于生活，许多道理自然是相通的。在生活中，人们总是追求既要有面子，又要有里子，其实对于诗歌来说，同样如此，也要讲究面子和里子。所谓面子，就是有艺术性，好看、好听；所谓里子，就是有思想性，有内涵，有境界。对诗歌评判的标准很多，但这两条是最基本的。艺术性、思想性是诗歌艺术的眼睛，如鸟之双翼、人之双腿，差一点就有瑕疵，不够完美。

按照这个标准来衡量，我才刚刚出发。自从选择了这个爱好，我知道自己选择了一条荆棘丛生之路，再苦、再难也要走下去，生活总要有所寄托。我不会察言观色，也不会人云亦云，只走自己的路，踽踽独行。也许会走弯路、错路，但走弯路也是一种成长，走错路也是一种经历，自然也会见到不同的风景。

既然选择了远方，便只顾风雨兼程。没有光的时候我是光，没有路的时候我是路。权当自勉。

是为序。

(作者邵建华)

目 录

第一辑 顺流而下,是我唯一的归途

生命的价值在于被替代…………………2
在黑暗中,我是个异类………………4
路的尽头是故乡………………………6
旷野无人,我听到有人喊我的名字……7
彼此就在身后…………………………8
破旧的瓷碗……………………………9
步履蹒跚的生活………………………10
哪是黄昏,哪是我……………………11
坐在八仙桌上吃饭……………………12
相思树…………………………………14
我在我的世界里迷失…………………16
水的使命………………………………17
我只有爱………………………………18
一个生命只有另一个生命才能延续……20
我只是个过客…………………………21
远方很远………………………………22
真的石头………………………………24
转　移…………………………………25
相依为命………………………………26
我是一条漏网之鱼……………………28
守住那堵墙,是那块砖最好的归宿………30

消失在原先那条路的深处 …………………32
退房的客人 ……………………………33
顺流而下，是我唯一的归途 ……………34
腰　伤 …………………………………36
写诗的人总会离开 ……………………37
我始终对这个世界充满戒备 ……………38
风，只属于喜欢风的人 …………………39
盆　景 …………………………………40
母亲的鼾声 ……………………………42
老　人 …………………………………43
不能忘记自己 …………………………45
别回头 …………………………………46
等我老了 ………………………………47
没有免费的人生 ………………………49
每粒尘埃都是一个灵魂 …………………51
没人提醒我出发 ………………………53
等着被人唤醒 …………………………54

第二辑　与秋天同行

最信赖的托付 …………………………56
为秋天看门 ……………………………57
资　格 …………………………………58
同一片林子的主角 ……………………59
中间地带 ………………………………60
秋天的幡儿 ……………………………61

目 录

落叶最后的告白 …………………… 62
把寒冷拒之门外 …………………… 63
春天的风 …………………………… 64
没有故乡，哪有归途 ……………… 65
月亮从太阳下山的地方升起 ……… 66
选择睡或醒 ………………………… 68
过去的与现在的 …………………… 69
这个冬天注定不会无枝可依 ……… 70
走　过 ……………………………… 71
春的感言 …………………………… 72
看清自己 …………………………… 73
漫天飞雪 …………………………… 74
秋是冬的影子 ……………………… 75
时光总是阴差阳错 ………………… 77
远方的尽头是你 …………………… 78
跨过围栏 …………………………… 79
该开的花自然会开 ………………… 80
我只选择生长 ……………………… 81
与秋天同行 ………………………… 82
从不诉说 …………………………… 84
秋风的怂恿 ………………………… 85
无人欣赏的花，比梦更寂寞 ……… 86
落叶归根 …………………………… 87
欣　赏 ……………………………… 88
像雪一般脆弱 ……………………… 89
没有理由 …………………………… 90

小雪没有下雪 ················· 91

第三辑　我们要走一辈子的山路

点一盏烛光，照亮每一条归途和去路 ········ 94
最后的旅程 ···················· 96
仿佛从没来过 ··················· 97
高　处 ······················ 99
开始即结束 ···················· 100
我们要走一辈子的山路 ·············· 101
现在的每一次都是人生的最后一次 ········· 102
喜新厌旧 ····················· 103
自然的样子，就是人生最好的样子 ········· 104
总要留一些亮光 ················· 106
在往事里，我们都是故人 ············· 107
走在逐梦的路上 ················· 109
下一个路口 ···················· 110
我的影子 ····················· 111
态　度 ······················ 112
人生的最后一场战斗 ··············· 113
路　基 ······················ 114
没有刻意雕琢的人生 ··············· 116
像雨燕一样，一辈子都在空中 ·········· 117
一辈子下一场雪 ················· 118
褪　色 ······················ 119
壶里的水看不见外面的世界 ············ 120

归　途……………………………122
躲雨的人…………………………123
火　柴……………………………124
荒郊和野外，才是我理想的世界……126
开　场……………………………128
我也是火山喷发飘落的尘埃………129
柳　树……………………………130
信　仰……………………………131
自我设置…………………………132
外面的世界，或许只是更大的山坳……133
过去的一切都不会是假的…………134
稻草人……………………………136
从头再来…………………………137
不敢迈出自己的脚………………139
把自己埋进土里…………………140
不能遗忘的过去…………………141
虚位以待…………………………142
走适合自己的路…………………143

第四辑　等待那个最终的决定

等待那些意想不到的事情发生……146
粮　食……………………………148
橘红色的工服……………………149
跟　随……………………………151
若无其事地开始或结束…………152

所有的时候，都是正当其时……………153
所有的人也曾活着…………………154
我想去草原……………………156
在天地间找到平衡………………158
每个舞台都有属于自己的主角………160
遗　传…………………………161
我只有默默耕作…………………162
最后的告别………………………164
时间是个司仪大师………………165
在风里成风，在雨里成雨…………167
为岁月代言………………………168
没有哪个时刻会提前到达…………169
在岁月的草场，我们只是一群牛羊……170
远方的天空升起烟火………………171
信　任…………………………173
桎　梏…………………………174
原始森林…………………………176
深秋的上午………………………177
期待千年前的巴山夜雨……………178
两手空空…………………………179
等待那个最终的决定……………180
兑现年少时的一句话………………181
理发师傅…………………………183
飞往自己的山……………………184
被鞋套住的命运…………………185
荒废的光阴………………………186

别去寻找答案 ·················188
查无此人 ···················189
快递小哥 ···················190
赶往另一个未知的世界 ···········191
给那些路边的草 ···············192
光的孩子 ···················193
希　望 ····················194

第五辑　找到另一个自己

彼此信任 ···················196
海的尽头是我的眼睛 ············197
皮　囊 ····················198
告别仪式 ···················199
空着杯子 ···················200
走 ······················201
生存法则 ···················202
躺在地上睡觉 ················203
向　往 ····················204
一棵树就是一个人 ·············205
有意或无意 ·················206
以更隐蔽的方式保护自己 ·········207
越　位 ····················208
太阳下到山的那边 ·············209
我的世界 ···················210
找到另一个自己 ···············212

我得到了爱，谁又失去了爱 ……………213
我是夜的灰烬 ……………………………214
书房里总有人在 …………………………215
位　置 ……………………………………216
无须准备 …………………………………217
相处的方式 ………………………………218
凶　手 ……………………………………219
寻　找 ……………………………………220
如果只是如果 ……………………………221
苍老是一种幸运 …………………………222
孩子的世界 ………………………………223
卷土重来 …………………………………224
迷失自我 …………………………………225
成　全 ……………………………………226
平起平坐 …………………………………227
风的源头 …………………………………228
所有璀璨的阳光，在眼里是苍白的 ……229
路　灯 ……………………………………230
逃向另一个世界的出口 …………………231
与黑暗为伍 ………………………………232
守墓人 ……………………………………233
生死之间 …………………………………235
隐瞒身份 …………………………………236

第一辑　顺流而下，是我唯一的归途

生命的价值在于被替代

这个世界，没有什么特别的事物
只要存在过，就会被替代

一座山会被另一座山替代
一条河会被另一条河替代
大海、森林、草原、荒漠都是
大自然赋予的，大自然也会剥夺

一段时光会被另一段时光替代
一个日子会被另一个日子替代
风霜、雨雪、黎明、黄昏都是
从时间里来的，也会从时间里离去

一座城市会被另一座城市替代
一个村庄会被另一个村庄替代
感情、尊严、健康、自由都是
人创造的，也会被人毁灭

太阳、月亮，白天、黑夜互相替代着

即使消亡了,总会有另一个
适合人类生存的星球
在这个世界上,我是唯一的
今生,我替的谁
来世,谁来替我

所有的故事,都有头有尾
我们的人生一闪而过,等不到答案
或许,命运从未设计过这样的情节
存在的价值,就在于被替代
这是责任,每个生命皆是如此

在黑暗中，我是个异类

我想有阵风，为我停留
我想有场雨，为我漂泊
也许这是个奢望
我依然心存期待
在这个封闭、狭小的空间里
没有来路，也没有去路
那些水泥、沙石挡住了一切
只有黑暗像幽灵般存在
我在黑暗的背后徘徊、思考
庙堂之高的孤独
江湖之远的寂寞
人类的喜怒哀乐
自然的风花雪月
偶尔会听到一些隐隐约约的声响
是另一个空间窸窣的呼喊
还是身体内部骨骼和血液的摩擦
我始终没有得到答案
一个又一个想法，付诸东流
像一片片树叶，从我身上坠落

第一辑　顺流而下，是我唯一的归途

许多故事还没有开始，就已经结束
在黑暗中，我是个异类
注定孤独无援
也许只有闭上眼睛
才能和这个世界和平共处

路的尽头是故乡

路的尽头是故乡
是故乡村口的那排白杨
是白杨东边的那片池塘
是池塘后面那座低矮的平房
我的梦里,故乡就是这个模样
到了那个心驰神往的地方
只见一座座厂房和三三两两的小洋房
遇见的是陌生的目光
我再也没有大声说话的胆量
怕人误认为我和他们一样来自异乡
阳光还是和三十多年前一样明亮
风依旧在树上徜徉
只是没有了乡音的村庄
我的沧桑又在哪里安放

旷野无人，我听到有人喊我的名字

这个地方

北面有山，高高低低

南面有河，曲曲弯弯

中间是广袤的田野

油菜花开的时候，像极了我的故乡

我是一阵风，被另一阵风裹挟着

来到这里落脚、生根

我一直没有走出过那山那水

只在那田里，耕种我的四季

旷野无人，我听到有人喊我的名字

那是我熟悉的乡音

环顾四周，阳光明媚

蜜蜂来来回回忙着采蜜

在它们的眼里，有花的地方就不用再流浪

我低下头，忽然看见了自己的影子

彼此就在身后

同在蓝天下
我们只隔着一片云
那云飘来飘去
我们或远或近
风停了,云散了
依旧互不相见,所谓的相知
不是隔着千山万水的思念
而是知道彼此就在身后
一个向北,一个朝南
谁都不会放弃
谁也不忍回头

破旧的瓷碗

一只破旧的瓷碗
搁在阴暗的角落,无人问津
也曾盛下甘,盛下苦
提供我的一日三餐
也曾盛下风,盛下雨
喂养我的青春岁月
如今,连一滴水也盛不了

碗,总是有情怀的
即使破损不堪
只能盛下时间的灰尘、落寞
也难掩它泥土的质朴、炉火的热情
残缺的只是肢体
碗的前世和今生
也许,隐藏着我的过去和未来

步履蹒跚的生活

这是一座老宅
不知道建造了多少年
大门早已形同虚设
阳光进去了
黑暗进去了
风和雨也进去了
谁也没见它们出来
许多人也进去了
一个个意气风发
只是出来的时候
一个个步履蹒跚
那沉重的行囊
装满了他们的不幸
和对生活的渴望

哪是黄昏,哪是我

我习惯了黄昏的不辞而别
从未和它说过再见
黄昏也习惯了我的熟视无睹
从未表示过对我的留恋
每天都在遇见,是缘分还是灵犀
我们奔赴同一个地方
到了夜晚,寻寻觅觅
却再也不见它的踪影
许多时候,我总是一错再错
肆无忌惮的青春,刻骨铭心的爱恋
孩子的成长,父母的衰老
总在叶子飘落后才发现
自己什么也没留下
在秋的岸边,看似水流年
不知不觉,又到了那个时刻
却怎么也分不清
哪是黄昏,哪是我

坐在八仙桌上吃饭

我的老家在南方农村
过去,几乎家家都穷
但几乎家家的堂屋里都有张八仙桌
不过,只是在逢年过节或家里来客人时
村民们才坐在桌子上正儿八经地吃饭
大部分时间,他们都习惯端着饭碗到处转
从张家到李家,一碗饭从村东吃到村西
后来,我到中原一家企业上班
食堂里没有桌椅板凳
工友们也习惯蹲在地上吃饭
厂里浇了水泥桌、水泥凳
大家却喜欢蹲在水泥凳上
就像鸟儿栖在树上一样自然
再后来,我到西部出差
看到当地人,捧着大瓷碗
蹲在自家门口吃饭
从小到大,五谷喂养了我们的身体
其实,站着、走着、蹲着
或者是否坐在八仙桌上吃饭都不重要

重要的是碗里盛着什么,心里想着什么

只要有期盼、有梦想

再苦的饭,再简单的饭,再难吃的饭

也会吃得有滋有味

相思树

院子里的这棵相思树
一刻不停地生长
仿佛我对你的牵挂
每个黎明,它送我出门
每个黄昏,它迎我回家
风和日丽的时候
我会在树下,看书或喝茶
任它的枝条抚摸我的头发
风过一天,雨过一天
它把孤独关在院里
无人时,像叶子一般无声地落下
我把寂寞留在院外
在人海茫茫里,独步天涯
我不敢哭泣,也不敢颓废
我要活成你喜欢的样子

这个季节有点冷,天空正飘着雪花
祭奠它们曾经的年华
许多的爱而不得,经历了这场雪

是否就算一起白头
你在生前种下这棵树
把一切后事托付给它
树在长大,我在苍老
谁来续写那美丽的神话

我在我的世界里迷失

风在风中走散

再也找不到自己的方向

雨在雨中淋湿

再也看不清自己的模样

花在花中沉醉

再也闻不到自己的芳香

我在我的世界里迷失

只能在人海中游荡

人们总是渴望更大的世界

如天空、原野和海洋

结果总是南辕北辙

想得到的未必如愿

不想失去的却如过眼云烟

也许，我太过渺小

只有融入自然才能安然无恙

水的使命

也许,你来自天空
曾经与白云同行,习惯了居高临下
也许,你来自高山
曾经与冰雪为伴,习惯了冷若冰霜
也许,你来自原野
曾经与荒草为伍,习惯了随遇而安
不管过去怎样的经历
或高贵,或孤傲,或卑微
我们终归流入同一条河流
以什么状态存在,以什么方式活着
都不计较,只在乎最初的身份
滋润每一块土地,每一个生命
不再干涸,也不再荒芜
让每一个日子都像水一样生动起来

我只有爱

我是一座山，把高原划开

南边是大海，北边是戈壁、沙漠

我是一条河，把平原划开

河东种稻子，河西种麦子、高粱

我是一片云，把世界划开

飘在上面的是天空，沉到下面的是大地

我是黑夜，把日子划开

前面的叫昨天，后面的叫今天

其实，谁与谁都不会被分开

我是一条巨大的拉链

把大海、沙漠、田野、草原、森林连在一起

把日月星辰和万家灯火连在一起

把过去和未来连在一起

使这个动荡、喧嚣的世界不再支离破碎

一直想以我赤裸裸的忠诚和奉献

把所有人联结起来

许多时候却无能为力

总有人风雨兼程

跋山涉水

只是为了逃避

而我的心里却只有爱

一个生命只有另一个生命才能延续

打开眼前的盒子,只见一片黑暗
白天收集的阳光都已死亡
想用这样的方法留住阳光的生命
怎奈却以悲剧收场

园子里的果树,田野里的庄稼
还有路边的花草树木
即使在黑暗中,也不会停止生长
因为它们的叶子,存储了光的能量

一个生命只有另一个生命才能延续
我愿像叶子一样敞开胸怀
让阳光照进体内的每个角落
我的热血是阳光最好的供养

我只是个过客

这是一座房子
日月是它的门童
它的前花园有大海和森林
后花园有崇山峻岭和广袤的田野、草原
我就住在里面,每次出入
总是小心翼翼
生怕别人看穿我
只有回到自己蜗居的角落
一杯茶,一卷书
天气或冷或暖
灯光或暗或明
才是属于我的世界
才觉得自己是个富有的人
不过我的底气
从未走出那盏灯的亮光

远方很远

我的窗前,有一棵树
只要我站在窗口,有意无意都能看见它
早些时候,我能看到它的头顶
现在,只能看到它粗壮的腰身
起风的时候,下雨的时候
那些叶子交头接耳
或许在说风的事、雨的事
也有可能在说我的事
它们看着我,我也看着它们
真诚,坦率,毫无扭捏之感
有时候,我觉得这棵树很熟悉
有时候,又觉得它很陌生
因为我始终没有长时间陪伴过它
不知道它的第一片叶子何时抽芽
也不知道哪片叶子第一个枯萎、凋零
在我模糊的印象里
只记得有夏天的蝉在树上不停地鸣叫
或在炫耀它的歌喉,或在诉说它的寂寞
只记得有不知名的鸟儿在树上栖息

但没有一只鸟儿在上面筑巢
它在楼房与楼房之间
只守着这天空一角，见着常见的几个人
远方很远，森林很大
我早已习惯一次又一次出发
从没想过回头，真正属于我的
或许只是窗前的这棵树，简单而普通
或早或晚，或兴奋，或烦恼
只要你想见，它始终就在那里

真的石头

我是个愚钝的人
连做的梦都和我一样
缺乏想象,平淡无奇
那些平常向往的人和事
没有一个在梦里出现
我就像那座假山
天天和花草树木在一起
却不会像它们那样善于表达
以博取别人的驻足和欢笑
也不会像它们那样多愁善感
在风雨面前表示忧伤或坚强
总有雪花以生命来感染我
它们融化了,我依旧冰冷
我本来就是一个背景
只会做好自己分内的事
虽然作为山是假的
但作为石头却是真的

转 移

小时候，每过一年
父亲就在门框上划一道杠
记下我的身高
像一个农民一样
看着麦子一天天长高
一直持续到我上大学
现在，我已一米八
父亲不到一米七的身高
却越来越消瘦
生命总是此消彼长
春天绽放，秋天枯萎
早晨升起，黄昏落下
人们早已忘记结绳记事
那个门框上留下的一道道划痕
已不知不觉转移到父亲的额头上

相依为命

我出门散步的时候
孤独总是寸步不离
我习惯去热闹的地方
它却始终在揣摩我的心思
总是拽着我去往偏僻的角落
人们都忙着走自己的路
没有一个人和我打招呼
路边的花草也对我视而不见
偶尔有风打乱我的思绪
也有鸟儿在枝头上指指点点
我都习以为常,有时候我想
抛弃一切喧嚣,离开所有人
到一个没有鸟的山谷
到一个没有风的旷野
到一个无人问津的地方
倾听自己的心跳
倾听世界的声音
只是那孤独始终如影随形
我习惯了对它的依赖

现在我老了,孤独也老了
我们再也出不了远门
只在熟悉的地方待着
苦闷的时候,我习惯一个人喝酒
孤独始终陪着,却从不劝酒
沉默、忠实,像一块石头
我抬头看天,天上的月亮也在看我
如果月亮也孤独
它的孤独、我的孤独遇到一起
是擦肩而过、形同路人
还是惺惺相惜、同病相怜
你看着我,我看着你
共度良宵,或共赴前程

我是一条漏网之鱼

我不认识那个老人
也没去过那片海
或生在海上,或葬身海底
都是渔夫的命运

我不知道哪片海域有鱼
我的经历和经验都刻在船上
和苦涩的海水一起渗透到沧桑的船板里
船往哪,我往哪

没有寂寞,也没有孤独
那些海风、海浪像影子一样陪着我
比海里的鱼更忠诚
我上哪,它们上哪

天上的星星,总想把我拽到岸上
海里的鱼,总想把我拖进水里
我在海天之间搏斗着
那些渔网从来都置身事外

它们的眼里只有鱼,和我一样

暴雨织就的网,微不足道
只对我的船还有那些岛屿感兴趣
阳光织就的网,铺天盖地
海再大,也是它的囊中之物
我太渺小,只是一条漏网之鱼

秋天的请柬

守住那堵墙，是那块砖最好的归宿

当我是一堆土的时候

可以养花、种草、种庄稼

可以成为一条路的路基、路面

可以成为一条河的此岸或彼岸

甚至可以成为孩童们玩耍的泥巴

当我经过高温烧制

真正成为一块砖

可以在地上站立时

我的自由也就被限于炉膛之内

当我被砌进墙里

再也动弹不得

我的命运就和那堵墙联系在一起

在人们的眼里，只有墙

许多选择，都是身不由己

成为一棵树或树上的一片叶子

成为一座山或山上的一颗石子

成为一条河或河里的一滴水

成为一段时光或时光里的某一天

成为历史或历史里的一个过客

也许不是初衷

却再也无法割裂

生死攸关，荣辱与共

守住那堵墙，是那块砖最好的归宿

秋天的请柬

消失在原先那条路的深处

那条路正在翻修,刚铺好路面
两侧没有人行道,也没有人影
没有花草树木,也没有鸟鸣
老人正走在那条路上
小推车里装满了刚从地里摘的新鲜蔬菜
他昂首挺胸,仿佛一位得胜归来的将军
从少年、青年、壮年,就一直这么走着
孤独、寂寞还有沧桑
像旗帜,在他的头顶肆意飘扬
风和阳光像忠诚的士兵,紧紧地跟在他身后
路修到前面的路口,通向城里和更远的地方
他推开那用来分隔的破旧围栏
眼前车水马龙的街道,仿佛一个新的世界
容不得停留,他已被来往的人流裹挟着
消失在原先那条路的深处

退房的客人

我坐在母亲坐过的椅子里
阳光还是以前的阳光
我看见风把云吹过来
云上驮着城市和它的喧嚣
驮着乡村的土房子和它的炊烟
驮着那似曾相识的山川和田野
终于不堪重负,连同我
一起坠落在山的那边
风依旧不知疲倦
打扫着每一个角落
为即将到来的夜晚
还有和夜晚一起来的月光、星光、客人
准备各自的房间

顺流而下,是我唯一的归途

许多时候,总有一些不期而遇
如朝来的风、暮来的雨
如苍老、疾病还有莫名的烦恼
它们总是先到达
在前面的某个路口等我
我这个年龄,几乎被世界遗忘
能有这样的经历
也许是一辈子修来的缘分
我们识于江湖,也忘于江湖
也算是有始有终
曾经的温暖或忧伤
都随着泥沙沉入河底
再深情的回眸也不会激起半点涟漪
顺流而下,是我唯一的归途
相信跟着河走,终会回到故乡
那里足够辽阔,也足够深厚
可以埋葬一切过往
也可以孕育一切重生
没有花开花谢,没有冬去春来

只有潮起潮落、云卷云舒
河不再是河,叫海
河水不再是河水,叫海水
我也不再是我,叫先人
未来也不再是未来,叫永恒
我就在那虚无的永恒里
和人间万物隔空相望

腰 伤

那时候，家里的田离村子很远
收割完地里的麦子
都要自己一担担挑回去
麦子撂起来比人还高
远远望去，在田埂上
像是两堆麦垛自己在慢慢移动
我的腰伤就是在那时落下的
早些年，我还有些得意
这些年，就只是苦笑
那些庄稼地现在已经盖满了厂房
我在千里之外，隔着许多山，许多水
即使不刮风下雨，我的腰也会时常疼痛
抚摸着它，我仿佛摸着那坑坑洼洼的土地
还有曾经那段青黄不接的时光

写诗的人总会离开

和那些婴儿不一样
和那些春天的花不一样
我的诗,都是在孤独里诞生
从一出生就是这样
不曾生长,也不曾衰老
仿佛一块石头
只是石头里有山、有水
有花草树木和虫鱼鸟兽
把它放到生它养它的地方
总比放在书里合适
写诗的人总会离开
这块石头不会
它会在这片旷野等待着
等我进入它的世界
重续前缘

我始终对这个世界充满戒备

我从这个窗口眺望世界
阳光从这个窗口进入我的房间
我时常在擦那块玻璃
想让它越来越透亮，怎奈越擦越花
甚至擦出了像我一样的白发
还有那朦胧的黄昏、风雨、黑暗
世界在我的期待中，一年年变得模糊
我在阳光的关注下，一天天变得苍老
不知是谁误解了谁，又是谁伤害了谁
也许，我始终对这个世界充满戒备
从未真正敞开心扉
只有走出这个城堡
才能和这个世界融为一体
感受彼此的温暖和深情

风，只属于喜欢风的人

风，只属于喜欢风的人

来过，走过

依旧苦苦等候

孤独，只属于喜欢孤独的人

喜过，悲过

依旧念念不忘

酒，只属于喜欢酒的人

喝过，醉过

依旧常常惦记

因为喜欢

或哭，或笑

不再计较对错、得失

生活，只属于喜欢生活的人

盆 景

也许，谁都有弱点
或贪婪，或恐惧
我把它从花坛移到盆里
它很听话，跟着我回家
房子里无风也无雨
阳光从窗口进来
总是用各种方式取悦我

一朵花离开另一朵花
离开生它养它的故土
总会显得孤单、落寞
它或许会开得更久、更艳
只是在离开的刹那
曾经的骄傲、自由、尊严
都已一去不复返

它也许还是花，也许已不是花
只是一个盆景、一个装饰
被人放在桌上

或放在墙角
填补房间的一个空缺
或者等着客人们欣赏
有时我在想，天地之间
我又是谁的盆景

母亲的鼾声

除夕
有人守岁,有人看春晚
我陪着年迈的母亲早早睡下
零点不到,我听到了震耳的炮声
这声音透着喜庆、吉祥
也听到了母亲轻微的鼾声
这声音让人踏实、安心
母亲的鼾声时有时无
却让世界上的声音都逊色
无数人跋山涉水,赶回家过年
或许就是因为能够躺在老人身边
什么也不做,什么也不想
只是看着他们安静地睡着
就像我们小时候
父母躺在我们身边一样

老 人

昨天和今天交接的时候
没有告知,也没有仪式
太阳在沉睡,月亮在旁观
一夜之间,其实就是在那一刻
世间万物都借着黑暗的名义
开始悄悄改变
大地已不是昨天的大地
天空也不是昨天的天空
当我从远方归来时
一切木已成舟
如果不是留恋昨夜星辰
如果不是车子晚点
也许我还能赶在那个时刻
阻止一切发生

离明天只有几个小时
今天又将变成昨天
那间老屋虽然破旧
那棵槐树也已经苍老

秋天的请柬

　　总需要有人照顾
　　我已经不起颠簸
　　还是留下来看家吧

不能忘记自己

我想去有风的地方
就算自己颤抖得再厉害
也没人能看出来
我想去有雨的地方
即使自己泪流满面
也没人能看出来
我想去人多的地方
哪怕自己再普通
也没人能看出来
成为山上的一块石头
或者岸边的一粒沙子
都不是我的选择
我去这些地方
只是为了提醒和告诫自己
别人可以无视你的存在
但你不能忘记自己

别回头

走过春天的繁华、秋天的荒芜

我们总想回头

看看陪伴我们的那些花、那些草

是否安然无恙

我们每天都在出发

不能带走所有行囊

许多荣耀,许多屈辱

只能留在原地

成为后来者的路标或驿站

对登山看日出的人而言

所有过往,皆是台阶

重要的是山顶

所以,别回头

在你回首的瞬间

山不再是原来的山

你也不再是原来的你

等我老了

等我老了
我想在僻静的街角,找一家小饭店
一张桌子、一碟瓜子、一壶酒
清炒曾经的酸甜苦辣
邀几个年轻时的知己
看着稀稀落落的路人
品味越喝越淡的年华

等我老了
我想在公园的路旁,找一把旧椅子
晒太阳,或晒心事
邂逅一些认识的、不认识的人
有风说风,有雨说雨
到了吃饭的时间各自回家
不用道别或牵挂

等我老了
我想在僻静的地方,有一处小院子
养几只鸡鸭,养一条狗

秋天的请柬

你看书,我喝茶
我们把余生埋进土里
一起等待夕阳落下
看星星像种子一样发芽

等我老了
我想开一辆吉普,带着你周游天下
看山看水,看日出和晚霞
想走就走,想留就留
在陌生的地方遇见自己
每天都在路上,每天又在出发
每个日子都像风一样轻松、自由和潇洒

也许,当我老了
那些人、那些事也老了
再也无力以梦为马
只能老老实实坐在家门口
自己和自己说话
这个道听途说的故事会一直流传下去
长出五颜六色的花

没有免费的人生

早晨的阳光,还是那么清新
傍晚的空气,还是那么温柔
几十亿年了,它们还是那个样子
岁月一如既往的慷慨
给每个人准备了一个存单
储存着我们一辈子的时间
交由命运保管
从出生开始,我们就在挥霍
伴着黎明出发,趁着黄昏回家
在风中漫步,在雨中畅想
或留恋山水,或纵情声色
觉得一切都是天经地义
从未考虑过成本
命运不甘寂寞
紧紧跟在我们身后
我们每享受一次
它就记一次账
直接从我们的存单中扣除
当我们身无分文时

只能以命相抵
没有免费的人生
我们所得到或失去的一切
或悲或喜，或枯或荣
我们所经历或错过的一切
或醒或睡，或去或留
都是以减少生命为代价

每粒尘埃都是一个灵魂

洗去岁月的尘埃

收集那些沉淀的泥土

把它们烧成砖,用砖盖成房子

我不喜欢这些土,却喜欢这房子

每个白天,我打开门窗

招待八面来风和路过的人

日子像阳光一样自在、温暖

只是在夜深人静时

我时常被一些奇怪的声音惊醒

这声音来自墙里,时隐时现

或哭泣、倾诉,或欢笑、叹息

它们旁若无人,在黑暗中行走

在黑暗中传递消息

我打开灯,却什么也没有发现

只有那明晃晃的灯光

仿佛无数只眼睛盯着我

每粒尘埃都是一个灵魂

曾经是一个个鲜活的生命

这座房子是它们的收容所

而我只是个临时看护的人
总想着喧宾夺主
不知是罪过，还是救赎

没人提醒我出发

一直想去那个地方
二十岁的时候,觉得来日方长
五十岁的时候,觉得工作繁忙
退休了,觉得没有工作
有的是时间,有的是机会
其实那个地方,离我只隔一座山
顺风的时候,都能闻到那边的花香
多少年前,母亲给我讲过
我就出生在那里的一个小院
院里有一棵石榴树
开的花,比太阳都红
现在,再也没人提醒我出发
时过境迁,物是人非
那个想象中的模样
只能出现在故事中

等着被人唤醒

时钟在客厅的墙上
周而复始地转着
父亲走过的时候
总会自言自语
现在是九点
现在是十点
到中午吃饭时
他却坐在沙发上睡着了
总想记住时间
却又忘记时间
我们有时也一样
总想展现自我
却又迷失自我
像一颗石子
搁浅在时间的岸边
等着被人唤醒

第二辑　与秋天同行

秋天的请柬

最信赖的托付

秋天走了,与秋天有关的所有故事
包括它的指纹、声音、气息
都被冬天的风雪处理得干干净净
没有留下一丝印记
在这个世界上,最懂秋天的莫过于冬天
碧云天,黄叶地
长烟落日,凉风暮雨
该是怎样的萧瑟、荒凉、哀伤
丹枫万叶,黄花千点
月挂林梢,星斗满天
又是怎样的淡雅、清新、绚丽
诗人们凭借满腔热情,把过去留下
冬天以它的博大承担了秋天的托付
把枯荣兴衰一一留在枝头
而它自己则在默默无声中
在天寒地冻里,孕育春天

为秋天看门

秋天已至渡口
与冬天隔河相望
夜幕降临,野渡无人
我以黑暗为舟
将秋天的天空、大地
还有那天空里的星辰
以及大地上的高山、河流、原野
统统打包,送到河对岸
我是一个念旧的人
留下来,为秋天看门
这么空旷的房子
终须有人打理
不至于明年秋天回来时
这里一片荒芜

资 格

天很蓝，风很暖
从一个路口到另一个路口
从一群人到另一群人
我像阳光一样，自由行走着
也会遇到一些花儿
在路边淡淡地开着
不沉默，也不炫耀
一副旁若无人的样子
那些我自以为是的
它们都不屑一顾
也许，在春天这个季节
它们最有资格

同一片林子的主角

时光从不会沉寂

每一幕都有自己的主角

春天,是开花的时间

花开多久,这个季节就有多长

冬天,是飘雪的时间

如果雪没有出场,这个季节就像没有过完

我羡慕这些岁月,从一个季节到另一个季节

只要一阵风的时间

我羡慕那些阳光,从太阳到地球

只要八分钟多的时间

我羡慕那些江水,从雪山到大海

只要不到一个月的时间

我和你只隔着一片林子

你在东头,我在西头

同是这片林子的主角

却一辈子不能相见

中间地带

北方的最后一场雪还没融化
南方的第一场春雨已如约而至
我被夹在中间,那伸出的双手
不知是挽留,还是欢迎
总有这样的时候
选择黎明,或选择黄昏
都不能摆脱我的困境
我早已离不开这个地方
就像秋天的田野
渴望成熟,又害怕被收割
整天在风雨里徘徊
这样尴尬的角色
也许要扮演一辈子

秋天的幡儿

落叶，是秋天的幡儿
在这个世界上
有谁的祭奠这么隆重
这么多人参与
过去的，现在的
活着的，死去的
有谁的告别这么从容
多少年前就昭示天下
送走一段旧时光
迎来一个新开始
每年这个时候
我们都在进行这样的仪式
只是对许多人而言
祭奠、告别的，也许是自己
跟这个世界没有关系

落叶最后的告白

我行走在秋天的风里
秋天的风行走在我的心里
在这个季节,在这个地方
你去你的远方,我回我的故乡
我们匆匆相聚,匆匆别离
从春天开始,我就在等待
与你相遇,是我生命中计划的一部分
我不会贪图繁华,在我这里
让那些流传了千万年的经典成为绝响

把寒冷拒之门外

这个冬天,喜欢一场雪
或许只是贪图雪带来的改变
大雪埋葬一切生机
也埋葬一切荒芜
连同我那庸庸碌碌的半生
再也不会有人质疑
如果没有雪
我是否对这个季节一见如故
大地张开双臂,把雪拥入怀中
而我总是虚情假意
把寒冷拒之门外
风已远去
我的身体还在不停地摇晃
继续寻找着放纵自己的理由

春天的风

走了一年,风又回来了
那些繁华也跟着回来了
还是那么喜欢热闹
我没有打听,它去了哪些地方
经历了怎样的故事
它也没问我,这个地方
少了几个人,多了几栋房子
我们还和以前一样
一起去田里育苗
一起去河边裁柳
一起去山上踏青
只是傍晚的时候
它经常在那棵树下徘徊
这时的阳光特别温柔
像极了母亲的手
我总是远远地看着
在万家灯火里,看着它
领着冬天的暮色归来

没有故乡,哪有归途

当春天的第一朵花绽放时

我知道自己已一无所有

连枯萎也是一种奢望

曾经,我们一起走过冬天

你像种子一样

埋在寒冷的土里

不离不弃地坚守

我像风一样,耐不住寂寞

到处挥霍着所谓的自由

岁月总是那么慷慨

在不同时间、不同空间

赐予我不同的名字

给我存在的理由

只是我自己知道

没有故乡,哪有归途

月亮从太阳下山的地方升起

我看见山体崩塌

山下的路成为另一座山

路边的河成为另一条路

我看见太阳下山

月亮从太阳下山的地方升起

占据白天属于它的所有空间

这世界，一直都在变

你在变，我也在变

昨天恋恋不舍的半杯水

可能是今天苦苦挣扎的旋涡

我们依旧奋不顾身

那棵树对这一切视而不见

曾经它把所有的幸福、荣耀挂在枝头

向行人炫耀它的富有

如今，繁华凋尽

只有把一切重新埋进土里

再也不肯轻易示人

冬天的风已经刮了许久

第一场雪却姗姗来迟

不管它多么不情愿
你拥有的一切，悲或喜
大地拥有的一切，荣或枯
都将被它掩盖，无迹可寻

选择睡或醒

总有些花在选择，何时绽放
更能表达对大地的热爱
是在春天，还是在冬天
总有些叶在选择，何时飘落
更能显示对秋天的眷恋
是在风中，还是在雨中
总有些光在选择，何时离开
更能展现对天空的情怀
是在黎明，还是在黄昏
总有些人在选择，以怎样的方式
安放自己的孤独和寂寞
是在茫茫人海，还是在一隅之地
世界现在的样子，都是选择的结果
更多时候，我是被选择的那个
但依旧可以在白天或黑夜
选择睡，或选择醒

过去的与现在的

为了这个冬天,我准备了一年
起早贪黑,把稻草、麦秸和枯枝
整整齐齐地堆在屋檐下
我日复一日
把每天的天气、心情和所做的事
完完整整地写在日记里
下雪的时候,不用再出门
那些柴火会温暖我的身体
那些日记会抚慰我的灵魂
过去的一切已经枯萎
正如曾经的那场雪
现在的一切正在绽放
仿佛眼前的这场雪

这个冬天注定不会无枝可依

窗前的那棵银杏树

一半的叶子已落在地上

另一半依旧挂在树上

仿佛相依为命的兄弟

你守着我未来的归宿

我护着你曾经的天空

没有繁华逝去的苦痛

也没有劫后余生的欣喜

在那阵风到来之前

它们隔空相望,彼此安慰

等待的继续等待,枯萎的继续枯萎

不浪费一丝光阴

把生命最后的辉煌留给这个世界

远方的雪已在来的路上

这个冬天注定不会无枝可依

只是我还在犹豫不决

是挽留,还是告别

走 过

走过春天
自然是春天的一部分
哪怕是一缕风、一滴雨

走过田野
自然是田野的一部分
哪怕是一株麦苗、一棵花草

走过你
总想成为你的一部分
哪怕是一次回眸、一丝牵挂

我来过,从不带走什么
只是证明,自己没有错过

春的感言

这场雨,下在冬天的门外

当它披星戴月到达时,已是深夜

我在酣睡,与它擦肩而过

想象中重逢的喜悦

被我遗忘在梦中

雨把整个世界打扫得干干净净

天空、田野

甚至河流、道路

都一尘不染,恭候

第一束春光,第一缕春风

还有第一声春雷,第一股春潮

入场,发表春的感言

我在想,如果换作我

应该讲些什么

看清自己

春天来的时候

我不去看花,只去看草

看它们是否像往年一样茂盛

那些花从不缺少关注

寄人篱下时也是这样

那些草从不阿谀奉承

一心一意在属于自己的地方

生机盎然或枯萎凋谢

坚守对岁月的忠诚

只有花的世界是单调的

没有草的世界是荒凉的

许多时候,我心生困惑

真正理解草的一生

或许才能看清自己

漫天飞雪

昨夜风骤
满地的树叶盖住了我的足迹
想着让它免受寒冷的侵扰
这是一条少有人走的路,我经常路过
只是记不清当时的心情
是这些树陪着我,还是我陪着这些树
这些过往,我早已遗忘
能有现在这样温暖的归宿
我有点始料不及,甚至受宠若惊
天渐渐变冷,我无以为报
只愿化作漫天飞雪
栖息在你的枝头,裹住那累累伤痕
等待来年春天,那些叶子回来的时候
我们再一起走

秋是冬的影子

叶就这么落了,在我不经意间
秋就这么悄无声息地走了
想象中的告别,始终都没遇见
我四处打听秋的消息
风说它刚从秋天来
还夹带着秋的惆怅
树说它刚从秋天来
还裸露着秋的沧桑
田野说它刚从秋天来
还弥漫着秋的喜悦
山川河流说它们刚从秋天来
还坚守着秋的向往
时间总是默契
每天与每天
每季与每季
每年与每年
总是无缝对接
不会错过分秒
过去是现在的影子

秋天的请柬

　　昨天是今天的影子
　　我看不见秋
　　其实它始终在我的身后
　　默默地信任，托付所有

时光总是阴差阳错

那场雪,本该落在早春
怎奈田野里的花太多
只好姗姗来迟,落在冬天
却成为这个季节最美的花
那场雨,本该下在冬天
怎奈地上的冰雪太厚
只好翘首以待,下在春天
却成为这段时光最暖的景
那个人,本该白天到达
怎奈人海茫茫
只好韬晦待时,在黑夜现身
却成为这个夜晚最亮的星
时光总是阴差阳错
人们总是亦步亦趋
我在黄昏收割黎明
你在草原追逐远山

远方的尽头是你

冬的尽头是春
梦的尽头是黎明
远方的尽头是你
我风雨兼程
只是想在黄昏的时候
到达那个地方
等待千年前的清风明月
如约而至
再次一起出发

跨过围栏

我总是胆小
从未敢进入花坛
只是隔着围栏看着
我挡住了它的阳光
它吸引了我的目光
就这样相顾无言
我的影子总不安分
直接跨过围栏,把它拥入怀中
春天到了,我只想拥有一朵花
竟是通过这样的方式
不知是尴尬,还是欣慰
岁月从不负人,只要你走过
总不会两手空空

该开的花自然会开

走过秋天,才发现
飘落多少叶子
枯萎多少岁月
和冬天来临没有关系
同样,在这个季节
无论下多少场雪,到了春天
该开的花自然会开
该长的草自然会长
每个时刻,我们都一往情深
每个时刻,我们又见异思迁
时间一如既往,只管向前
不会顾及所谓的爱和恨
我们背负着太多的念想
在患得患失中
与想要去的地方,渐行渐远

我只选择生长

在春天，花是主角

我是一棵草，不会察言观色

依然倾尽才华，为它喝彩

我虽然弱小，却从不卑微

世界虽大，但每一片绿叶都不多余

那些阳光，照着花也照着我

那些风，吹过花也吹过我

头顶有星辰，脚下有大地

感谢命运的每一次馈赠

我不会沉默，也不会奢望

世界给了我无数机会

我只选择生长，自由地生长

在戈壁、沙漠，在最贫瘠的地方

长出生命，长出希望

每一寸土地，都不该荒芜

与秋天同行

我们都喜欢秋天
所以秋天把我俩撮合在一起
成为同路人,只是
我喜欢秋天的风,缠缠绵绵
喜欢秋天的雨,淅淅沥沥
喜欢秋天的月,清清淡淡
喜欢秋天的香,朦朦胧胧
而你则喜欢秋天的田野
稻子黄了,麦子黄了,玉米黄了
喜欢秋天的果园
苹果熟了,葡萄熟了,柿子熟了
秋天一如既往地慷慨解囊
从不企图解释或证明什么
我从秋天获得绚烂、浪漫、惆怅、迷茫
弥补那日益膨胀又日益空虚的灵魂
你从秋天获得粮食、水果
喂养那日益肥沃又日益贫瘠的身体
我们总是南辕北辙
硬生生把秋天分为两半

一个在天上，一个在地上
一个在此岸，一个在彼岸
只是在秋天眼里
我们一直是同一个人
你永远是你
我始终只是你的影子

从不诉说

我知道秋天所有的故事
比那片林子更全面
比那场雨、那阵风更深刻
我是这个季节最晚飘落的叶子

那些阳光,与我擦肩而过
却给予了所有
那些人,与我天各一方
却带走了所有

痛苦、迷惘和眷恋
我从不诉说
因为在人们眼里
我才是这个季节的主角

秋风的怂恿

所有秋天的故事
繁华与荒芜、喧嚣与平静、浪漫与惆怅
都是秋风送来的
离开了秋风的怂恿
杜甫或许还在树荫下绞尽脑汁
想象着无边落木萧萧下的景象
秋天或许仍旧栖息在夏天的枝头
在此起彼伏的蝉鸣里昏昏欲睡
曾经想象自己,像叶子般轻轻柔柔地落下
和风扯上亲密的联系,怎奈不解风情
最后还是像石头般自由落体地坠落了
于是,我再也不敢奢望
和秋天寸步不离地和睦相处

秋天的请柬

无人欣赏的花,比梦更寂寞

春天是适合做梦的季节
也是适合开花的季节
在我的梦里,从未出现过花
那些斑斓的色彩仿佛与我无缘
不知花在梦里有没有遇见过我
我总是自作多情,觉得
无人欣赏的花,比梦更寂寞
其实对那些花而言
在戈壁、山林,或者在田野
无论我在或不在,都会灿烂地绽放
它不会取悦谁,也不会鄙视谁
而我总是孤芳自赏
只见自己,不见天地
注定被春天遗忘

落叶归根

本想捡一片叶子
留下对秋天的回忆
怎奈满地堆积,每一片都是不舍
我把这些叶子收集起来
把那些被风吹远的叶子找回来
在树旁挖个坑,葬到一起
活着的时候,它们都在树上
现在凋零了,它们都在树下
从此,这里就是它们的祖坟
它们的后代有了归宿
思念它们的人,也有了凭吊之处

欣 赏

一朵花对一朵花的欣赏
孕育了春天
一滴水对一滴水的欣赏
汇成了江河
一束光对一束光的欣赏
诞生了日月
万物彼此欣赏
便有了众生
因为对你的欣赏
我拥有了整个世界

像雪一般脆弱

今年的第一场雪终于来了
和我想象中的大为不同
格外苍白，也格外冷清
从第一朵到最后一朵
我目睹了整个过程
现在，可以如释重负了
至于它们是去、是留
全部交给大地、山川
和我再无半点瓜葛
为了兑现承诺
我苦苦等了一年
或许是因为忘记，你没来
我只能独自伫立在雪中
是否世上所有的期待都这么脆弱
经不起风雨，见不得阳光
或姗姗来迟，或遥遥无期
而我总是执迷不悟

没有理由

我总是不合时宜
在黄昏留恋黎明
等你走了才说思念
一再放纵这种情绪
以至于秋天叶落时,手足无措
不知是拒绝,还是挽留
好在冬天的第一场雪如期而至
掩盖了通往过去的缺口
再也找不出什么理由
这个冬天,肯定回不去了
等到开春雪化的时候
一切从头再来吧
该长草的长草,该开花的开花
种子一旦被赋予使命
任何时光都是苍白的

小雪没有下雪

今天是小雪,却没有下雪
不期而遇的,是一场小雨
带着雪的冲动和冷意
其实这场雪,在我的心里
已下过许多回,再下一次
也不会超出原来的样子
和每天一样
期待之所以令人向往
是因为它总在来的路上
许多人等待的,或许也不是雪
只是一段像雪一样浪漫、纯洁的时光

第三辑　我们要走一辈子的山路

秋天的请柬

点一盏烛光,照亮每一条归途和去路

离告别还有两个小时
我在黑暗里坐着
整个世界也在黑暗里坐着
岁月给了我三百六十五日
我留出最后两小时陪它

所有的不期而遇,都遇了
所有的不辞而别,也都别了
曾经的云卷云舒、花开花谢,已各自天涯
极简单的生活,支撑了最艰难的日子
甘于平淡,需要多大的勇气

想敬岁月一杯茶,又恐人走茶凉
想敬岁月一杯酒,又怕误入愁肠
如果对一切视而不见
我是否可以理直气壮
与下一场风雨狭路相逢

新的一年在黑暗中来临

也将在黑暗中离去

选择这样的时刻,或许是一种天机

点一盏烛光,照亮每一条归途和去路

岁月的影子与我的影子交相辉映

彼此不再孤独,也不说再见

最后的旅程

我的前面,走着许多人
我的后面,跟着许多人
大家都朝同一个方向前行
为了打发旅程的寂寞
有人写字画画
有人散步遛狗
我坐在吱吱嘎嘎的椅子前
记录着身边的一切
为每个同行者制作一份备忘录
在进入一个新的世界时
使他们的履历显得丰满一些

仿佛从没来过

每天上午十点，天若晴好
他会准时出现在广场
一个小塑料桶，一支海绵做的笔
蘸着清水，在地上写字
那些水泥地砖，方方正正
像是特意为他划好了经纬
他从不出格，一个格子写一个字
有人围观，有人夸奖
他往往置若罔闻
眼前的马路，头上的蓝天
来来往往的路人和他们的风景
仿佛都在另外一个世界
他只沉浸在自己的天地里
在春天，写好雨知时节
在夏天，写荷风送香气
在秋天，写落叶聚还散
在冬天，写千山鸟飞绝
或行书，或楷书，或隶书
一笔一画，工工整整

觉得不满意的字,他会反复写
越往后写,前面的字就越模糊
直至消失殆尽,没有一丝痕迹
他心无旁骛地写着字
仿佛叙写着他的人生传记
那红色的塑料桶,恰是鲜红的印章
只是他离开的时候
刚才还有字的地面,已经干干净净
仿佛他从没来过

高　处

这栋楼有三十层
是这个城市最高的楼
此刻，我就站在楼顶
是这个城市站得最高的人
也是这个城市离天空最近的人
可惜我的手臂不够长
梦想中的星空依旧遥不可及
我开始羡慕楼下的人
他们可以随意走动、蹦跳
不经意间就可以摘一朵自己喜欢的花
而我只能在阵阵寒风中
看着自己的手指被冻得通红

开始即结束

看过大海,才知道大海
只属于海里的鱼和空中的海鸥
到过草原,才知道草原
只属于牛羊和空中的老鹰
去过远方,才知道
远方只属于远方的人
而我只是个心血来潮的游客
想去就去,想来就来
留下来的,只是几张发黄的照片和模糊的记忆
我甚至想不起来,自己是如何到达那个地方
我总在飘荡,像尘埃一样
飘得再高、再远,也会坠入地面
茶的清香,酒的清香,期待的清香
当你闻到它的时候,它的生命就已枯萎

我们要走一辈子的山路

我在下山的路上
你在上山的路上
我们不会擦肩而过
每个人都在爬自己的山
如果天气晴朗，或者有足够的缘分
你我会看见彼此，互为风景
每座山都有自己的位置
或挨得很近，或离得很远
自然会有不同的风、不同的雨
甚至是不同的阳光、不同的天空
也会有不同的景色
陡峭或平缓，葱绿或枯黄
山怎样，我们便怎样
毕竟，我们要走一辈子的山路

现在的每一次都是人生的最后一次

为什么我总是孤独
因为我拥有昨天
为什么我总是痛苦
因为我期盼明天
为什么我苟延残喘地活着
因为我想给自己一个完整的人生
自然地开始，自然地结束
太阳落下了，还会升起
树叶枯萎了，还会重生
现在的每一次
都是人生的最后一次
就像冰雪融化
一切都在不知不觉中

喜新厌旧

吃完正月十五的元宵

年基本上就算过了

人们动手播种

万物开始生长

只是那残雪

还在苦苦纠缠

只是那寒风

还在做强弩之末的挣扎

它们从不掩饰自己的留恋

而我总是喜新厌旧

身上的烟火味尚未散尽

又忙着奔波在路上

迎接下一年的到来

自然的样子,就是人生最好的样子

还要经历多少岁月
我才能麻木不仁
像眼前的那座山一样
冷眼看待自然的风霜雨雪

还要经历多少事情
我才能无动于衷
像屋前的那棵树一样
静看人间的喜怒哀乐

千万年的撞击、挤压
山才成为山,该是何等的煎熬
历经风霜雨雪的吹打
才能成为参天大树,又是何等的艰辛

从几千度的高温到冷冰冰的石头
从弱不禁风到枝繁叶茂
若未历经无数次生死轮回
哪有这般全新的模样

山和树,从不言语,却总在暗示
该爱就爱,该恨就恨
一个心存光明的人,从不需要伪装
自然的样子,就是人生最好的样子

总要留一些亮光

门,将世界一分为二
外面的,属于别人
里面的,是我自己的
晚上下班回家,我把黑暗关在门外
把与黑暗最亲密的月光、星光关在门外
把与黑暗最暧昧的孤独、寂寞、思念关在门外
我只在自己温暖、光明和充满向往的房屋里
或吃饭、喝茶、玩游戏
或看书、看新闻和自己喜欢的电视剧
只是在睡觉的时候,我不会关灯
总要留一些亮光
为深夜造访的那些风、那些雨指明方向
免得那些梦走错房间

在往事里,我们都是故人

一

百川入海
拥有了更大的世界
也永远失去了自己
人只有在孤独的时候
才真正属于自己

二

不知何时开始
我走上了逃亡之路
像溃败的士兵,丢失背包、枪支和粮食
我跌跌撞撞,拼命向前
遗失了青春、自由和尊严
只留下丑陋的皮囊
累了,歇息时
才发现天已黄昏

三

我们将被埋葬

像我们的先辈一样

在这条路上，没有人能够幸免

一个季节会被另一个季节替代

所有的花都会枯萎、凋谢

平淡或荣耀，午夜一过

今天的一切都成为往事

在往事里，我们都是故人

走在逐梦的路上

几十亿年了,就这样
被囚禁在此岸和彼岸中间
无法逃离,也从未想过逃离
命中注定,选择了海这个名字
也就认可了一辈子的不平静
海够大,也够深
容得下世上所有的屈辱和荣耀
这是它的神秘,也是它的魅力
许多河流百折不挠
走在逐梦的路上
我是其中最小的一条
我不知道自己和海有什么关系
风雨兼程,只是身不由己

下一个路口

如果我走得再慢一些
或许我们会在那个路口遇见
只是我已不是当年的模样
你也未必敢与我相认

雨总会在一个地方停留
风却只有远方
那条路已经存在了许多年
过往的人也都是来去匆匆

谁会回首那模糊的风景
再多的曾经也难敌未来
我心驰神往的
永远在下一个路口

我的影子

年轻时,走在路上

我喜欢看自己的影子

看着它勇往直前

翻过一个又一个藩篱

跨过一道又一道沟

飞檐走壁,如履平地

现在,我喜欢走在有阳光的一侧

因为那里有我的影子

可以互相依靠

我把平坦的路给了自己

把坎坷的路给了影子

也许,我的抉择

能够换来一时的相安无事

也许,它只是在等待

重新站起来的那一刻

态 度

从一杯水到一杯茶
也就一棵树的距离
许多人要走大半生

从一杯茶到一杯水
也就一刻钟的时间
许多人一生也没喝懂

清如水,香如茶
空杯以对,注入的
都是人生

人生的最后一场战斗

人生是场战争,一场持久战
身体与灵魂,现实与梦想
无时不在拼命搏杀
每一次,我都是幸存的那个
每一次,我又是伤痕累累的那个
我总在等伤口一点点结出疤来
又总在一点点把它揭去
在那些鲜血重新流出的苦痛里
寻找自己活着的证据
我习惯了这样嗜血的生存方式
终于还是死于人生的最后一场战斗
在生与死的较量中
重蹈覆辙
那片山林,或那片田野
不会觉得又多了一座坟墓
也许,它们才是幕后主谋

路　基

这条路，曾经蓬头垢面
像刚刚归来的行者
翻修过后，却风度翩翩
像极了迎亲的新人
路还是那条路
甚至连名字都没有更改
依旧是那片天空
依旧是那个远方
命运却天壤之别

岁月总是喜新厌旧
不断地翻修、更替
春覆盖了冬
夏又覆盖了春
树上的叶子由绿变黄
仿佛我们的人生
越翻修，越苍老
尽管那是新的苍老

今天的一切
都将成为明天的路基
明天的一切
也不会是今天的翻版
自然会有新的气象
我们终其一生，无非是
能够成为一粒沙子、一抔土
被埋在路基里

没有刻意雕琢的人生

沿着河向前走，总会看到大海
沿着山往上走，总会触摸到星空
总想着独辟蹊径，结果却事与愿违
从春到冬，从生到死
我们只是在人间暂住
该喝的茶喝了，该看的景看了
归去的路，只有一个方向
或继续绽放，或继续枯萎
没有刻意雕琢的人生
所有的姿态，由不得你

像雨燕一样,一辈子都在空中

从出生的第一声啼哭开始
我们的灵魂就开始在空中飘荡
无论寒暑,还是黑夜白昼
像雨燕一样,一辈子都在空中
在空中进食、睡觉和繁衍后代
大地虽大,却只能安放我们的身体

我们的灵魂飘在空中,地球也飘在空中
一样的不甘堕落,一样的不被束缚
两个孤独行者相遇,孕育了爱和恨
有了乡村、城市和田野里的五谷丰登
有了沙漠、戈壁和人世间的悲欢离合

许多时候,人们总在哀悼
哀悼的不是一片叶子、一朵花的凋零
而是一个个曾经鲜活、饱满的灵魂
一段岁月枯萎了,会在另一段岁月里重生
灵魂的创伤和苦痛,能够救赎的
只有更遥远、更苍茫的天空

一辈子下一场雪

年轻时喜欢雪
因为它的纯洁、浪漫和自由
想象自己和它一样

年老了看雪
感觉它除了寒冷
还和我一样苍老

从空中到地面
我只看了它一眼
它却用了一生

褪 色

年已过完
那盏挂在阳台上的灯笼
显得格外冷清
曾经火红的日子
慢慢开始褪色
每次路过
我总忍不住回头
仿佛那里挂着的
是我的过往

秋天的请柬

壶里的水看不见外面的世界

注入壶中的凉水

等着被烧开

也许曾经是飞流直下三千尺的水

是问君能有几多愁的水

是万里送舟的水、疏影横斜的水

是门前镜湖的水、过尽千帆的水

是江南的烟水、南湖的秋水

也许,曾经灌溉庄稼,滋润过万物

也许,曾经酝酿美酒,创造过传奇

如今都成为往事

像云烟一般

连同它流过的崇山峻岭、草原田野、江河湖泊

还有那些慷慨、忧愁、浪漫、恬静、凄凉的故事

所有的荣耀或者不堪

都被禁锢在这小小的壶里

听从命运的安排

煮沸,冒出热气

然后消失在空中

经历得越多

到最后能够选择的也就越少
水在壶里,看不见外面的世界
我却看到自己在壶里,波澜不惊

归　途

这条路，风雨走过

留下了一地花瓣

这条路，祖辈们走过

留下了一座座坟茔

父亲告诉我，将来他的坟要在老家

一个叫北滩的地方

那里有山有水

我却从未去过

也许，顺着河或顺着山走

在春天，像花一样盛开

在秋天，像叶子一样飘落

不再理会陌路相逢的忧伤

所有的日子都经历了

这条最难走的路

自然会在不知不觉中抵达

躲雨的人

天在下雨
有人忧,有人乐
雨在空中
有的直,有的歪
落到地上,只见一片汪洋
分不清是悲还是喜
所有的声音被淋湿
只剩下躲雨的人
在屋檐下沉默

火　柴

在这个时代还用火柴
总有点格格不入
我就是这样一个怪人
喜欢用火柴点烟
那刺啦刺啦摩擦的声音
那突然冒出的火花
和小时候一模一样
我坐在灶后的小板凳上
把稻草弯成一小把
塞进黑咕隆咚的灶膛
小脸被照得通红
我站在厨房的立柱前
把灯芯慢慢拨高
等着那火苗一点点长大
甚至，会在野地里
偷偷地烤玉米、烤麦子
啃得满嘴黢黑
还告诫同伴们，回家谁都不能说
那时候，我点燃的

是对生活的热情

是对光明的期盼

是对未来的向往

如今，我点燃的

是寂寞、孤独和无奈

只是那灰烬

过去的，现在的

甚至和我百年之后的

都是一个颜色，一个模样

秋天的请柬

荒郊和野外，才是我理想的世界

我在院子里栽下石榴树
夏天乘凉，秋天吃果
在墙根种上丝瓜
任由它的叶子爬满墙面
把日子过得像刚摘的瓜一样新鲜
全然不顾，院子外面
一步之遥，长满荒草
我在庄稼地里种下麦子、玉米
像呵护孩子一样照顾它们
看着它们拔节、抽穗、灌浆
一天天成熟，全然不顾
旁边的田埂上长满野草

我只在自己喜欢的地里耕作
不问其他地方的荒芜
仿佛是个路过的陌生人
直至暮年，才意识到
那座院子、那片田地原本就不属于我
我原来也是一棵草

在岁月的围栏里,忘乎所以
其实我和其他草一样
在无人处肆意生长
在枯萎中零落成泥
荒郊和野外,才是我理想的世界

秋天的请柬

开　场

三十多年前,我跟着父母看春晚
总要看到节目说再见
现在陪着父母看春晚
往往只看一个开场
我大了,都开始长白头发了
父母都老了,再也熬不了夜
只是春晚,好像越来越年轻
人生的许多时候
父母只能陪着我们开场
余下的全靠我们自己

我也是火山喷发飘落的尘埃

我知道远方有多远

我知道未来如何来

我知道它们的每一个想法

它们就像炽热的岩浆

蛰伏在我的体内

等待着它们认为的时机

所以我总在权衡利弊

小心翼翼地维持这种平衡

既要让它们释放,又不能让它们休眠

世间万物都有自己的命运

旺盛或衰败,沉默或呐喊

都在挣扎着活出自己想要的样子

我的过分执着和干预

或许适得其反

只会让它们重蹈我的覆辙

柳　树

折一根枝条
插进潮湿的土里
来年就是一棵树
眼前的这棵柳树
几十年前，或许也是这样
因为知道自己的普通
因为经历生长的不易
在阳光下，在风雨里
总是垂下它的枝条
保持着谦卑的品格
这些枝条，年年芳菲
总在渴望拥抱更高的天空
只是它的身体已千疮百孔
透过那些大大小小的窟窿
我看到了它的过去和它背后的世界
也仿佛看到了我的父母，看到了自己

信　仰

一辈子，我只爬一座山
从这边的山脚到对面的山脚

上山时，我习惯低头
下山时，我习惯抬头
抬头或低头
与我的命运无关
站在山巅，我的心跪着
身处山谷，我的脚站着
跪着或站着
与山的起伏无关

人是跪着的山，山是站着的人
山往哪走，我往哪去
沉浮或高低
信仰，使我们配合默契

自我设置

这个世界习惯了沉默
把沉默以外的托付给了我
我不会因为前方有雨就放弃前行
这个时刻,应该下一场雪
只是有花开着、有草长着
虽近黄昏,我还是停下来
看着它们宠辱不惊,在时空里穿行
黯然或明艳,荒芜或繁华
我的声音过于肤浅
无力支撑它们,也无法鼓励自己
这个世界非黑即白、非荣即枯
贫富、荣辱、尊卑跟它们没关系
都是我的自我设置
因为有忧伤、痛苦甚至绝望
我的每一次回首,才显得真诚

外面的世界,或许只是更大的山坳

我是一棵树,一辈子在山里
从没见过,也没人告诉我
外面有草原、大海、田野和森林
习惯了这种依赖,从未想摆脱
外面的世界,或许只是更大的山坳
哪里的天空都一样
有风有雨,有阴有晴
生活在自己喜欢的地方
只需一滴水、一抔土
还有一缕阳光就够了
其他的,都是多余

过去的一切不会是假的

上得山来,终须下山
原路返回,每一级台阶都是坚硬的
昨天过了,今天来了
太阳还是那个太阳
也会有风,也会有雨
只是岁月的外套换了一个装饰
取悦不同的季节

花开了一季,枯萎的时候
把香留在了空中
麦子长了一茬,收割的时候
把根留在了土里
树长了一年,枯死的时候
把苦难和辉煌刻在了年轮里
等待着来年春天,吹响集结号

所有的故事都真真切切地发生
你也许看见,也许看不见
或生长,或苍老

都在你的身体或灵魂里
仿佛曲曲折折的经脉
过去有多远,未来就有多远

世上的一切
不会无缘无故地来
也不会无缘无故地去
人生的百年孤独
最后都会在你的墓碑上
刻上或多或少的文字
证明你来过

稻草人

秋天的最后一颗柿子
挂在枝头,我在树下
它就在我的头顶,仿佛太阳一般
从不掩饰它的热烈和光芒
我却感受不到它的温暖
只有沉甸甸的冷清和孤单
秋天的果实被收割殆尽,只留下它
守着曾经的荣耀和寂寥的天空
风雨在空旷的原野自由穿行
我就像个稻草人
在那里装模作样
驱赶着飞鸟

从头再来

我想一醉方休
忘记所有忧伤
结果却忘记了一切
甚至回家的路

我想顺流而下
结果却沉入河底
路过的水都已远去
只留下我在原地

我想着年少时的事
不甘心就此老去
结果头顶的白发
越来越多

花开了总会败
雪下了总会化
所有的结果
在开始时就已注定

秋天的请柬

我要这样的结果
只是想尽快和过去做个了结
选择一个自己喜欢的开始
让一切从头再来

不敢迈出自己的脚

我所走过的路

白天,阳光会走一次

夜晚,黑暗会再走一次

它们看似肆意散漫

却从不走错路,也不走弯路

我总是小心翼翼、循规蹈矩

却走得深深浅浅、歪歪斜斜

很想像它们一样自在、坦荡

却总被世俗左右

经常迷失方向,找不到出路

日子长了,胆子越来越小

只愿走熟悉的老路

在患得患失中举步维艰

不敢迈出自己的脚

把自己埋进土里

我在窗前的花坛里种青菜
小区的物业给拔掉了,重新种了草
我在书房的花盆里种大蒜
家人埋怨说没有情调
后来,我在自己的梦里种麦子、玉米
结果颗粒无收
我是从农村走出来的孩子,一直相信
房子、乡村、城市是土里长出来的
山川草木也是土里长出来的
你相信什么,土里就会长出什么
土地能埋葬一切,也能生长一切
年轻的时候,我种什么成什么
现在却种什么毁什么
我开始怀疑,是否我在城里待久了
失去了对土地的敬畏和虔诚
有朝一日,我只有把自己埋进土里

不能遗忘的过去

一根羽毛,默默地落在地上

那些曾经仰视它的草木

现在都俯视着它

曾经是蓝天的精灵

在空中尽情展示它的才华与美丽

如今只能匍匐在天空的脚下

偶尔会有一阵风,却再也飞不起来

只是在地上翻几个滚,落到更远的地方

我站在秋天的原野,茕茕孑立

记忆中的那些汗水、苦难和辉煌

在被岁月收割后

只留下一些枯枝败叶,和那羽毛一样

鸟儿少了那根羽毛,依旧能够飞翔

我遗忘了那段时光,却一无所有

虚位以待

故事多了,也就没有了主角
像一帮老人,一字排在墙根
各自晒着各自的太阳
秋天已过,该收的玉米已收完
春天未来,该种的麦子已种下
这个空隙,最适合见面
感受彼此的存在
在这里,没有战争和瘟疫
没有谁家的孩子
甚至没有孤独
有的则是心照不宣
夜幕降临,一个人走了
又一个人走了
没人询问,也没人挽留
谁都明白自己的归宿
只留下一排椅子,参差不齐
在墙根虚位以待

走适合自己的路

我走的路,人迹罕至
掩藏在石头与石头之间
掩藏在叶子与叶子之间
或许也掩藏在人们的视线之间
那些风知道,那些雨知道
偶尔也会有冬天的阳光路过
因为那个地方有最晚融化的雪
这个世界喧嚣、纷扰
我只想走一条适合自己的路
多一条路,这个世界
至少多一个选择,少一分拥挤

第四辑　等待那个最终的决定

等待那些意想不到的事情发生

我想我的明天,总会遇见

艳阳高照,风雪飞舞

久别的重逢

许多人逝去,许多人出生

如果幸运,还会遇见

那个拄着拐杖、不敢抬头看天的我

那个在公园、阳台一坐就是半天的我

那个没有太阳不出门、天还没黑就早早回家的我

这些都是意料之中的事

我再怎么执着,也不会遇见

一场没完没了的雨

一扇永远无法开启的门

一片无缘无故飘落的叶子

即使万幸,也不会遇见

那个满身泥巴、在村边小河捉鱼的我

那个光着脚丫、拎着饭盒上学的我

那个留着长发、在路边自弹自唱的我

这些也是意料之中的事

每个生命都有自己的轨迹

第四辑　等待那个最终的决定

有时候，我是否在等待
等待那些意想不到的事情发生
希望它们改变我一成不变的行程
让我的余生多一些波澜，多一些回味

秋天的请柬

粮 食

母亲身体好的时候
起早贪黑,总是在田里
不惜体力和汗水
喂养那些嗷嗷待哺的庄稼
现在中风偏瘫了
从早到晚,只能坐在轮椅里
始终像田里的稻子一般沉默
只有那椅子时常发出吱吱嘎嘎的声响
我把母亲从轮椅抱到床上
仿佛抱着一袋沉甸甸的粮食
又仿佛抱着她沉重的一生

橘红色的工服

一辆小推车、一把扫帚

还有一个簸箕,是她全部的工具

一条路,从东扫到西

是她全部的工作

每天,从黎明到黄昏

她就在这条路上,周而复始

扫去岁月凋谢的风霜雨雪

扫去阳光从枝头跌落的碎片

扫去路人遗失的悲和喜

扫去对出门打工的丈夫的担忧

扫去对两个上学的孩子的顾虑

也扫去她自己的沧桑年华

这条路不长

从东头可以看到西头

她却始终走不出去

她的人生

开始的已经沉没

最后的结束

却遥遥无期

秋天的请柬

　　路上人来人往
　　没有人注意她的存在
　　只有那橘红色的工服
　　风里来，雨里去
　　被时光打磨得越发鲜艳夺目

跟 随

没有花的时候我是花
没有风的时候我是风
没有阳光的时候我是阳光
没有风景的时候我是风景
甚至有时
没有寒冷的时候我是寒冷
没有落叶的时候我是落叶
没有黑暗的时候我是黑暗
没有梦的时候我是梦
我这么反复无常
不是取悦自己
只是为了跟随你
成为你世界里的一部分

若无其事地开始或结束

每天黄昏,我总是心事重重
看着来来往往的行人,不知所措
在瞻前顾后的时光里,患得患失
经常过得白天不像白天,黑夜不像黑夜

每个黄昏,太阳总是不动声色
在枝头整理着当日的行囊
该留下的留下,该带走的带走
给夜晚一个干干净净的世界

也曾想像太阳一样从容
若无其事地开始或结束
怎奈我的双眼耐不住诱惑
总在不经意间出卖我的秘密

所有的时候，都是正当其时

从生到死，我们总在奔波

从一个地方到另一个地方

忙着上场，忙着下场

或捷足先登，或姗姗来迟，或中途离场

编造着无数理由

世上有太多风景

我在上山，你在下山

有人在此岸，有人在彼岸

或擦肩而过，或相见恨晚

总会有无限感慨

日升月落，花开花谢

从来不会刻意安排，有的只是顺其自然

看似最坏的结果，却是最好的安排

早或者晚，得到或者失去

所有的时候，都是正当其时

所有的人也曾活着

我遇见或错过的
每一个繁华或荒芜
都不会天长地久
有开始就会有结束
所有的人都会死去
所有的人也曾活着
所有的花都会凋零
所有的花也曾绽放
岁月在走，我也在走
只是岁月从未走出四季的轮回
我也始终未走出日月的轮回
或许，生命的本质在于重复
重复希望，重复失望
甚至重复我的过去
一段时光代替另一段时光
一代人代替另一代人
一条路代替另一条路
每一步看似都一样
每一步都会走得更远

每一天看似都一样

每一天都会站得更高

我会消亡,这个世界不会

或许,这也是我活着的价值

秋天的请柬

我想去草原

我背着破旧的行囊,翻山越岭
希望在天黑之前到达草原
走过闹市,走过荒野
我形容枯槁,仿佛一棵掉了叶的古树
又好像一座破旧的、久无人住的古宅
风、雨,可以毫无遮拦地穿过我的身体
也经常有一些不知名的鸟儿
栖息在我的肩头,甚至在我的头上筑巢
它们的羽毛和我的头发颜色差不多
从少年出发,走出那个四面环山的小村庄
我走过青年、壮年、老年,一直在路上
无数次回望,那渐行渐远的故乡
无数次停留,想象着像鸟儿一样
更多的时候,我踽踽独行
邂逅许多人,他们去看大海、高山和森林
我们本来就不是一个方向
曾经的故乡,渐渐成为远方
现在的远方,多少年后,也会变成故乡
我是个山里的孩子,从没有什么奢望

只是想看看太阳落山的地方
是不是有人、有树、有牛羊
看看书上写的天苍苍、野茫茫
天似穹庐、笼盖四野是怎样的景象
每一步,我都留下足迹
每一个足迹,都被时光埋葬
我不知道远方还有多远
我知道,只要坚持走下去
总会离那个地方越来越近

在天地间找到平衡

我不会像河流一样
时而汹涌澎湃,时而风平浪静
主动炫耀自己的自由
或者,流着流着就消失了
我不会像天空一样
时而艳阳高照,时而阴云密布
无端发泄自己的情绪
或者,亮着亮着就变暗了
我是一座山,千万年来就是这样
不会轻易改变自己
置身"会当凌绝顶,一览众山小",我会高傲
眺望"青山遮不住,毕竟东流去",我会寂寞
极目"白日依山尽,黄河入海流",我会孤独
面对"明月出天山,苍茫云海间",我会浪漫
但我的高傲、寂寞、孤独和浪漫都恰到好处
不会过分张狂,也不会过分沉默
总能适可而止,在天地间找到平衡
不会让人望而生畏
也不会让人任意践踏

太阳每天从我的东边升起,西边落下
我必须时刻清醒,对得起这份信任
倾己所有,承担顶天立地的责任
为每天的太阳准备一个温暖、安静的夜晚

秋天的请柬

每个舞台都有属于自己的主角

中午的小区广场，阳光占据了每一个角落
明晃晃得像一堵墙，那个小男孩
仿佛一枚钉子，硬硬地钉在那堵墙上
他在练习运球，小小篮球在他的手里上下起伏
球砸到地上，发出砰砰的声响
让他激动不已，也让我心神不定
我仿佛看到了几十年前的自己
他在广场上，有宽阔的空间
我在狭窄的阳台一角，寸步难行
不同的世界，自有不同的命运
每个舞台都有属于自己的主角
或万众瞩目，或无人问津
都在一刻不停地表演
抬头远望，广场的前方
碧空如洗，巨大的蓝色帷幕已经升起

遗 传

掀开岁月的门帘
一位老人坐在轮椅上
翻着一张发黄的报纸
她抬起头问我
你是谁家的孩子啊
母亲是真的病了、老了

大海很大,那滴水来自哪条河
大地很大,那棵麦子又来自哪块土地
岁月没老,也没病
这么多孩子,谁记得住啊

其实我们也时常糊涂
忘了自己是谁
从哪来,往哪去
这是不是遗传

秋天的请柬

我只有默默耕作

光是沉默的
天上的日光、月光、星光
还有地上的灯光、烛光，以及人们的目光
不会故意炫耀它们的明亮或暗淡、慷慨或自私
风霜雨雪是沉默的
不会主动告诉人们
因何而来，又因何而去
以及在路上发生的或喜或悲的故事
大地不会沉默
大地上的高山、河流、田野、森林、草原
甚至戈壁、沙漠，不会无动于衷
总会通过花草树木、虫鱼鸟兽
发出或高或低、或长或短、或轻或重的声响
倾诉它们的繁华或荒芜、肥沃或贫瘠
许多时候，我沉默着
不是高傲、高深或自卑、怯懦
不是孤独、寂寞或失望、绝望
我的身体过于瘦小
我的声音过于轻微

第四辑　等待那个最终的决定

这个世界给予我太多恩赐
再多的言语也难以表达
我只有默默耕作
表达我的歉意和感谢

最后的告别

那棵树就长在路旁
从春到夏,人们来去匆匆
谁也没有在意它的存在
秋风吹起,树的叶子将尽未尽
总有一些人在它旁边
停留、徘徊,放慢脚步
或感慨,或迷惘
一个熟悉的人将要离去
人们总会抽出时间
去做最后的探视或告别
这样的形式,树不会懂
我也不忍心说,只是频频挥手
向那段时光,向那些人

时间是个司仪大师

大自然是实在的

不是黑就是白

不是阴就是晴

每个时刻都安排得严丝合缝

我们的日子总是入不敷出

捉襟见肘时只有靠虚构去填补

像少年渴望一场婚礼

阳光明媚,鲜花盛开

等仪式进行完,才发现

新郎新娘像对木偶

被人呼来唤去

拥抱、献花、敬酒

与想象中的神圣、浪漫相去甚远

如果把一个小时的婚庆剪辑成一分钟

肯定不逊色于任何爱情偶像剧

如果把我们的一生剪辑成一小时

每个人的人生都是经典

我们总是陶醉在自己虚构的故事中

把自己包装成身披光芒的主角

其实在旁观者眼里

或许只有那个司仪必不可少

我们都像是客串的

或者是跑龙套的

偶尔在聚光灯下露个侧脸

在风里成风,在雨里成雨

妻子又开始换窗帘了,一年要换几回
说是为了配合季节的更替
在春天是繁花似锦的,显得生机盎然
在夏天是荷花出水的,显得凉快清爽
在秋天是西风落叶的,显得别有情调
在冬天是玉树琼枝的,显得素雅宁静
如果一成不变,那些阳光
或许会擦肩而过,甚至走错房间
其实,最应改变的是我们
我们习惯了季节频繁的变化
习惯了一刻不停地走在路上
心里厌倦、麻木了,不再感到新鲜
我们是自然的一部分
跟着花一起开,跟着雪一起落
在风里成风,在雨里成雨
或许,这才是应该有的样子

为岁月代言

大地不会沉默

自有草木代言

或绽放,或枯萎

每一抹色彩,都恰到好处

天空不会沉默

自有日月代言

或明艳,或暗淡

每一丝光亮,都由心而生

岁月不会沉默

自有我来代言

或青春,或苍老

每一刻,都鲜活如初

岁月选择了我,我当不负信任

像草木一样,像日月一样

不畏风雨,不惧沧桑

没有哪个时刻会提前到达

望穿秋水
一直在等那朵花开
想象它怒放的样子
时间依旧不紧不慢
过了白天过黑夜
从不会偏袒任何人
也不会迁就我
没有哪个时刻会提前到达
我不明白它的固执
它也不理解我的虔诚
路过的风告诉我
时间已经默许
明天早晨,我会
看到第一缕霞光
听到第一声鸟鸣

在岁月的草场,我们只是一群牛羊

白天,我放牧着麦子、玉米和高粱
把它们赶进田野
让它们吸收更多的阳光,变得饱满
黑夜,我放牧着星辰
把它们赶得远远的
让它们在最暗的地方,变得明亮
有风有雨的时候
我放牧着我的寂寞、孤独
让它长出更多的哀愁和迷惘
我放牧着每个日子
让它们拂晓醒来、夜晚睡去
不错过每一次酸甜苦辣
时光放牧着我
从青丝到白头,在春夏秋冬的轮回里
告别每一个生老病死
我放牧着,也被放牧着
在岁月的草场,我们只是一群牛羊

远方的天空升起烟火

停在岁月的岸边

遥望二〇二三年的码头

我始终不敢靠近

告别意味着结束

迎接意味着开始

我心里的血依旧澎湃

我身上的伤还没有长出疤痕

我所有的努力都不愿放弃

我所有的痛苦都不愿从头再来

那帆虽然破烂不堪

却依旧迎风招展

相信曾经的选择和付出

会结束，也会开始

现在正在发生的事情不会见风使舵

随着时光的交替重新构建

只会按照自己的方式继续

远方的天空升起烟火

作为回应，我点燃火柴

我照亮不了这个世界

至少能温暖我自己

这条船也许会沉没

但会有更多的船顺流而下

怀着大江东去的豪迈

一直向前、向前

信 任

正是因为信任

阳光把曾经的山河

托付给月光

月光也不负使命

把浪漫、思念和向往

托付给路过它的人

从每一座城市、每一座乡村

到每一条河流和每一条路

黑夜再深、再长,也遮不住

漫天星光和万家灯火

总有无数人,像我一样

把守在黎明到达的每一个路口

让每一寸山河都安然无恙

秋天的请柬

桎　梏

我羡慕那些影子

羡慕它们的忠诚

不管是一朵花、一棵树

还是一只虫子

都会跨越一切障碍

不离不弃、至死不渝地跟随

我羡慕那些沉默

羡慕它们的力量

从时间、星空、大地

到我们的每一个日子

一切都在悄无声息里

孕育众生和它们的生离死别

所有的影子都是沉默的

只有我的影子例外

总是不甘寂寞、不甘孤独

或惊天动地，或风轻云淡

弄出许多意想不到的声音

让我的世界猝不及防

它知道我所有的秘密
却被冷落、无视
或许它只是想提醒我
以此证明它的存在
那些我曾经自以为是的荣耀
终究成了我难以摆脱的桎梏

原始森林

那束阳光

总会路过这片林子

或早或晚,你不用等待

睡着、醒着都没关系

总有一片叶子会提醒你

这地方,人迹罕至

你就是你的风景

几百年来,一直这样

远离尘世的喧嚣

生长或枯萎,都从心所欲

风会来,雨会来

没有刻骨铭心的遇见

所谓的远方,都是你的坟场

深秋的上午

老母亲在阳台晒太阳
那些阳光找不到椅子
有的坐在地上
有的靠在墙上
有的躺在她怀里
像儿孙一般围在她的身旁
看着她捻着手中的佛珠
那佛珠黑中透亮
仿佛过去的一段段时光

秋天的请柬

期待千年前的巴山夜雨

我开在春天,你落在冬天
怎样的机缘,使我们不期而遇
你在山上,我在山下
同一条路,依旧擦肩而过

许多时候,遇见或错过
遥远的不是时间、距离
如果我们的眼里只有远方,停不下来
自然对身边的风景视而不见

此刻,黄昏已过
明月别枝,清风徐来
我踯躅在窗前
期待千年前的巴山夜雨,如约而至

两手空空

高空走钢丝的人
手里总有一根杆子
用来保持身体平衡

父亲的手里
总是拿着一根拐杖
走到哪,带到哪
用来支撑近九十的高龄
和摇摇晃晃的身体,不至于坠落尘埃

手里没什么东西握着
感觉不踏实,没有安全感
所以,我的手里总有一支烟、一杯酒或一壶茶
再不济时,就握成拳头
使我的躯体和灵魂不至于失衡

等待那个最终的决定

千千万万年
我们的祖先都葬在这里
像种子一样被埋在土里
喜欢花的长成了花
喜欢树的长成了树
喜欢草的长成了草
喜欢稻子、麦子的长成了稻子、麦子
喜欢高粱、玉米的长成了高粱、玉米
庇护着他们的子孙
也继续看着他们还爱着的世界
在人世间,我不寂寞
只是有时会孤独、伤感
因为我始终无法确信自己喜欢什么
之所以还活着,只是在
等待那个最终的决定

兑现年少时的一句话

我想背着吉他
一个人浪迹天涯
不是故作潇洒
不是躲避日出和日落的时差
而是兑现年少时的一句话

风还在那样地刮
雨还在那样地下
路边的花
开了一茬又一茬
十七八和五十七八
同样是可歌的年华

生活就是酸甜苦辣
风霜雨雪任由它
曾经的以梦为马
还有梦中的她
播下的种子总要发芽

不必在树上系那黄色的手帕
琴声响起,就不会害怕
故乡和他乡都是温暖的家
无论黎明或晚霞
青丝还是白发
我都不负承诺,按时到达

第四辑　等待那个最终的决定

理发师傅

这里三面是墙

一面临街,也是唯一的出路

在这个被人废弃的狭窄角落,他给人理发

这里风进不来,雨进不来

阳光也进不来,偶尔进来的

都是年老的顾客,大多是回头客

他熟练地给人洗头、理发、刮脸

像农民侍候庄稼一样自然

不过他已没有庄稼地

那里现在是成片的厂房

没有生意的时候,他就默默地看着眼前的墙

看那青苔一点点长大,或者

看着街上一晃而过的行人

想着自己年轻时的满头黑发

在村庄的上空逆风飞扬

飞往自己的山

有人喜欢像玉米和苹果一样
把自己的果实展示在空中
有人喜欢像萝卜和花生一样
把自己的果实埋藏在地下
同样是国色天香的牡丹
有的喜欢向上绽放
有的喜欢向下开花
一个人和一株植物一样
都有自己的生长规律
只是现实生活中，人们总是习惯
将自己的认知强加于他人
以别人的评判苛求自己
总想做自己，却又做不成自己
跳不出世俗的藩篱
如何飞往自己的山

第四辑　等待那个最终的决定

被鞋套住的命运

小时候
我喜欢光着脚
在泥地里走路
像花草树木
像稻子麦子
把根须深深地扎在土里

长大了
我习惯穿着各式各样的鞋
走南闯北
风一程，雨一程
只为甩掉身上的泥巴和土气

我的身体越发干净
我的灵魂却被禁锢在鞋里
与大地渐行渐远

秋天的请柬

荒废的光阴

岁月是一片麻布
我把它染成各种颜色
或黑白，或青黄
裁成各式衣裳
穿着它们招摇过市

小时候家里穷
我的肘、膝盖和屁股上
总是补丁连着补丁
各种颜色极不相称
人们也都习以为常

现在，生活条件好了
再也不用穿打补丁的衣服
但总有人不顾时令、年龄
胡乱穿衣
弄得春不春、秋不秋

我的衣柜里挂满了衣服

一年四季各种款式都有
依然觉得无衣可穿
时常衣不蔽体或一丝不挂
在苍茫的时光里裸走

别去寻找答案

我向阳光请教

如何面对黑暗和光明

去留无意,过完一天

我向一朵花请教

如何面对枯萎和绽放

宠辱不惊,走完一生

路过的风告诉我

别去苦苦地寻找答案

跟着岁月走,你会遇见所有

查无此人

打了许多电话

一直无法打通

回答是不在服务区

写了许多封信

一直没有回应

被告知查无此人

其实也没有什么特别重要的事情

新年将临，想跟过去的自己告别

怎奈那个自己提前出发

已在新的一年安营扎寨

未来总是令人神往

无数人趋之若鹜，甚至捷足先登

在世人眼里，人多

或许是最好的理由，也是最美的风景

而我习惯了循规蹈矩

注定只能踽踽独行

快递小哥

这个世界总是泾渭分明
山是山,水是水
城市是城市,乡村是乡村
我是一条路,一条默默无闻的路
把一个地方与另一个地方连起来
让遥远的不再遥远
把一个人与另一个人连起来
让陌生的不再陌生
把一段思念与另一段思念连起来
让孤独的不再孤独
在我所有的行程里
没有所谓的白天、黑夜
也没有所谓的晴天、阴天
有的只是前方、远方
我的兄弟来自四面八方,总有一个走向你
在你需要的时候,叩响你的门

赶往另一个未知的世界

黎明或黄昏
是时间渡口最拥挤的时刻
黑夜和白天忙着交接
太阳和月亮等候上场
还有无数人,扛着房子、耕地
以及蠢蠢欲动的期望
赶往另一个未知的世界
重新开始或重新结束
也有一些人恋恋不舍
被其他人裹挟着
身不由己,登上渡船
这样的故事每天都在发生
此岸和彼岸隔着河默然相望
任潮起潮落、花谢花开

给那些路边的草

偶尔路过你的世界

不经意的一次回眸

却留下了我的一生

日复一日,我愈发苍老

年复一年,你依旧生长

曾经毫无保留地给予

彼此最美好的时光

终不负相识一场

没有永久的陪伴

当初的不期而遇

只是为了最后的不辞而别

此刻,风又吹起

我把一切装进行囊

赶赴一个必须到达的约会

光的孩子

世界这么大,无论我走多远
太阳总能找到我,月亮总能找到我
我是个顽皮任性的孩子
它们像操心的父母
催我睡觉,催我起床,催我吃饭
提醒我天凉了穿衣,天黑了回家
我会长大,也会衰老
甚至会忧愁、痛苦、迷茫
却从不会迷失方向
我是光的孩子啊,会和我的祖辈一样
把温暖、无私和希望送给
遇见的每个人、每条路
把坦荡、生机和力量送给
遇见的每棵草、每棵树和每条河流
哪怕微不足道,自当倾己所有
不论毁誉,只问阴晴

秋天的请柬

希 望

世界需要光明

太阳职掌白天,月亮负责夜晚

天将亮未亮、将黑未黑的时刻

则交给了我,点燃或熄灭

满天星辰或万家灯火

我怀揣着火种,在人世间行走

习惯了风雨的侵蚀和世俗的纷扰

我始终坚信,再微弱的光

也能抵达人心最隐秘的深处

和天地间最阴暗的角落

青黄不接的时候

这些或明或暗的光

都是重生的种子

第五辑　找到另一个自己

彼此信任

散步的时候
习惯去荒芜的小径
那里也有花、有草
因为无人问津
长得格外灿烂、茂盛
这些地方冷清过
也热闹过
都是由于我
因为彼此信任
我把轻松带走了
把沉重留了下来
那些不为人言的孤独、寂寞
也只有这些花草值得托付
它们视如己出
悉心照料和爱护
风里雨里，长成它们的模样

海的尽头是我的眼睛

黑夜降临,一切都会发生
有人睡着,不再醒来
有河破堤,不再流向海洋
我拼命打鼾,提醒身边的人
夜太沉,没有哪个人走得出这段时间
海太深,没有哪条鱼游得出这片水域
再多的梦,只是一滴水、一点星光
不会抛弃谁,也不会拯救谁
夜的尽头是海
海的尽头是我的眼睛
如果我的眼泪滑落
再深的夜,也会苍白无力
整个世界都将被淹没
所以我只有睡着,也不去做梦
仿佛什么事都没有发生

皮　囊

居家久了
感觉压抑，出门走走
我像一个装满垃圾的袋子
散发着发霉的味道
树见了，躲向天空
路见了，跑向远方
白云见了，不敢降低高度
街道两边，房子连着房子
人们像蚂蚁一样进进出出
搬运、储藏着食物
我在街上招摇过市
没人关注我的存在
回到家里，看着周围陈旧的一切
这个干瘪的袋子又开始想入非非
也许，这是我的本能

告别仪式

立春的早晨

去参加故人的告别仪式

出发时，天空阴沉沉的

回来时，已是阳光普照

马路上依旧熙熙攘攘

谁也不会发觉少了一人

春天已吹响集结号

万物从冬眠中苏醒

开始跃跃欲试，重新划分地盘

往日沉寂的天地又被喧嚣占据

不知那些逝去的人，他们曾经的世界

是等待荒芜，还是重新播种

空着杯子

我不是诗人
我写的等待,过于肤浅
像一杯白开水,让人一览无遗
真正等待的人,需要一杯茶
喝着苦,闻着香
呈现出暧昧、诱人的色彩
让人看不清杯子里面
泡的是茶的叶,还是茶的果
所以,每次我在期待时
总是心神不定
悲或喜,去或留
不知道该怎样流露
有位智者告诉我
只要杯里有水,不管什么颜色
那就是已经遇见,只有空着杯子
你才是被等待的那个

走

闭上眼睛
我静静地躺着
听到了黑暗在流走
听到了光明在流走
醒来的时候,除了一堆衣服
什么也没有,也许
它是我的皮囊,人海茫茫
走过许多地方
谁又能认清谁,记住的
或许只是那长长短短的
黑的、白的或红色的外套
像T型台走秀一般
在岁月里穿行
我们一直在走
因为彼此一样
谁也没有说破

生存法则

花开着,水在花前流着
阳光照着,人们在阳光下忙着
万物各行其道,用不着协商
总能在不同的地方,进入同一个时空
天天如此,年年如此
或许,这就是默契
像昨天,把回忆留给今天
像白天,把星空留给夜晚
像冬天,把田野留给春天
这种默契与生俱来
如生和死、爱和恨、悲和喜
没有所谓的永恒
一分一秒是片刻
一生一世是片刻
一千年、一万年也是

躺在地上睡觉

酒后酣睡，我经常会从床上掉下来
所以，在不喝酒时
总是让自己保持清醒，哪怕是在梦里
如果这时掉下来睡在地上
会使人很没面子，也很没尊严
酒是个神奇的东西
会让别人容忍你的许多过错
没有一粒粮食会在我的肠胃中酝酿成酒
没有一段记忆会填满我的寂寞和孤独
清醒也好，糊涂也罢
都不是我放纵自己一错再错的理由
如果自甘堕落，那就只能匍匐在地

向　往

没有一颗星
会在黑夜中沉沦
天越暗，越显示光芒
没有一滴水
会在大海里沉没
浪越大，越显示力量
千万年来，一直如此
从不抱怨自己的卑微
我的祖辈也是这样
不管置身何处
总有天空般的高远
总有海洋般的胸怀
成为后人的向往

一棵树就是一个人

公园里有许多树
每棵树上都挂着一个牌子
写着树的简历
避免游人认错
我忽然想起墓地
想起那些墓碑和躺在地下的人
我只是偶尔进公园
感觉那些树似曾相识
像是我的先人和逝去的熟人

有意或无意

一条不知情的河流
将田野分开
此岸和彼岸
从此,隔空相望
一片不经心的黑暗
将日子分开
昨天和今天
从此,后会无期
一次无意间的遇见
将我分为两半
前半生是幸福
后半生是痛苦
从此,生死与共

以更隐蔽的方式保护自己

如果在山里,我会长成一朵花
如果在森林里,我会长成一棵树
如果环境变了,也有可能
在污泥里,我是一摊污水
在黑夜里,我是一团黑影
如果在海里,我会是一条鱼、一个贝壳
或者是水上漂着的一条海藻、一段枯木
总有一些合适的选择
在麦地里长成一棵草
或在草丛中长成一棵麦子
都是一个命运、一个结局
当我身不由己时,我不想与众不同
只想以更隐蔽的方式保护自己
这算是堕落,还是拯救

越 位

穹庐之下
我站在这里,不用表白
那些风、那些雨、那些阳光
自然会从四面八方向我走来
带着大海的涛声、群山的回响
还有远方田野里的麦子和油菜花的芳香
我像一个贪心的孩子
一边占有着、挥霍着
一边奢望着更大的世界
如果我心生杂念,守不住现在的位置
现在拥有的一切,都将弃我而去
远方自有远方的人
而我,只属于这里

太阳下到山的那边

那座山像一幅巨大的帷幕
将世界一分为二
一边是黑,一边是白
黑的是幕后,白的是幕前
两边的大海、森林、河流、沙漠和草原
还有蠢蠢欲动的人,轮番上场
演绎着彼此所谓的诗和远方
太阳下山了,阳光照在山的那边
它的影子却留在山的这边
你跟着它走了,什么也没有留下
我的世界一片荒芜
我在每个日落和日出间追逐着
只想抓住一丝夜色
想象着,它就是你的影子

我的世界

能看见天空
是一件幸运的事
那里有日月星辰
有流动的云和会飞的翅膀
只是现在,那天空
像千疮百孔的伞
遮不了风,也挡不了雨
我只有留在屋子里
把外面缤纷的世界
变成一个个僵硬的文字
输入、删除、再输入、再删除
按照自己的意愿任意组合
在不经意间给它们生命
又在不经意间毁灭它们
一会儿是天使,一会儿是魔鬼
在自己设置的游戏里
为曾经失去的寻找补偿
夕阳西下,我才发现
世界那么大

第五辑　找到另一个自己

自己忙碌了一天
留下来的只有两行字
一行是生长
另一行是枯萎

找到另一个自己

或近在咫尺
或远在天涯
在这个世界上
肯定有一个人
和你长得一模一样
许多人跋山涉水
不是为了所谓的诗和远方
而是冥冥之中的召唤
找到另一个自己
或寻求慰藉
或给予重托

我得到了爱,谁又失去了爱

黄昏坠落的,黎明会升起
秋天枯萎的,春天会发芽
我得到了爱,谁又失去了爱
我放弃了恨,谁又拾起了恨
风去了又来,人聚了又散
北方飘雪,南方雁归
东边日出,西边下雨
岁月流转,谁是谁的缘由

我是夜的灰烬

习惯了在黑暗中抽烟
那点燃的烟头和天上的星星遥相呼应
我在品尝自己的孤独和寂寞
那么遥远的地方,那么多的人
他们又在想着什么
烟的灰烬落到地上,我看不见
别人也看不见我
在黑暗中,我是夜的灰烬

书房里总有人在

只要台灯亮着
这间屋子就不会冷清
就算我不在的时候
那些人也会不甘寂寞
纷纷从书中走出来
坐在我的椅子上
一页一页翻阅
在字里行间找到自己
在空白处盖上红色的印章
再次鲜活起来

位 置

我习惯在阳光下
打量自己的影子
只是天阴的时候
我就比较纠结
不知道自己
是在黎明
还是在黄昏

无须准备

有一些事,早晚要来

什么时候来都正常

有一些人,早晚要去

什么时候去都正常

我们无须准备

在黎明看日出,在黄昏看日落

无法改变事实

只有改变我们自己

像旷野的草木

风来随风,雨来随雨

不误生长,也不误枯萎

相处的方式

海的心思藏得太深
面对它的时候，我惴惴不安
不知如何与它相处
成为一条鱼，海太宽
总是游不到它的边界
成为一粒沙，海底太暗
总是让人迷失方向
成为岸上的一个人
只能听到它的声音，闻到它的气息
却始终无法感知它的冷暖
成为一艘船，只能漂在海面
成为一只鸟，却只是隔空相望
也许，最好的方式
是成为它的一分子
一起咆哮，一起沉浮

凶　手

希望总是卑微的
在它还是种子时
只能藏在阴暗、潮湿的土里
没人在乎它的冷暖
有朝一日破土而出
还要经受风吹日晒和世俗的嘲讽
真正长成一棵树，挺直腰杆时
如果不是特别高大
也只会被淹没在成片的森林中
甚至没有一只鸟愿在上面筑巢
也许，它的初衷只是简单地成长
享受因此带来的快乐
并且能够被人看见
怎奈我们太多的热情和关注
让它不堪重负，许多理想因此夭折

寻 找

太阳下山
我也该回家了
陪伴了一天
如今又各奔东西
它回它的巢里
孵化即将诞生的明天
我回我的屋里
还有许多梦等着认领
不然的话
许多人将一夜无眠
在阳光下离家出走的
只有摸着黑，才敢进门

如果只是如果

如果没有对天空的向往
山就是一块冰冷的石头
如果没有对大地的深情
河就是一道绝望的流水
如果没有对远方的渴望
路就是一片荒芜的泥土
如果没有对美好的憧憬
生活就是一串单调的日子
如果没有对尊严的崇尚
生命就是一副僵化的躯壳
因为有了追求
这些如果始终只是如果

苍老是一种幸运

时间一直在更新
上一秒还在继续
下一秒已成过往
自然一直在更新
年复一年，周而复始
绿了又黄，枯了又长
我也一直在更新
一天天变得苍老
一天天接近死亡
即使这样的变化
也让我感到欣慰
该经历的都经历了
又是怎样的幸运
世上有许多人
却没有等到苍老的那天

孩子的世界

山很小,是一块石头

海很小,是一滴水

草原很小,是一棵草或一只羊

天空很小,是一颗星或一朵云

它们是我的玩具积木

我把它们搭成什么样,世界就是什么样

我的世界很小很漂亮,可以放到一个小包里

我走到哪里就带到哪里

大人们的世界很大

很多的包都放不过来

但他们并不快乐,总是着急

老说活着太累、没有意义

所以,我宁愿做小孩

卷土重来

这个夜晚,我注定四面楚歌
所有的路都指向黑暗
星光太过遥远,梦想太过软弱
风时有时无,像散兵游勇
遇到花草树木就绕道而行
我只有把眼里微弱的光和所有的力量
聚在一起,埋到大地深处
等到黎明的时候,放手一搏

第五辑　找到另一个自己

迷失自我

我的书房里，挂着一幅画
画的是柳宗元的《江雪》
一直以为自己像那垂钓的老翁
现在才明白，那是故作清高
自己不过是江里的一条鱼
无意间来到这个地方
遇见一场雪、一叶舟、一个人
因而想入非非
迷失在千山和万径中
找不到归途

成 全

现在,我已没有能力
掌控自己的时间
只能眼睁睁地看着它
从我的身体里悄悄逃逸
它只是暂住在我的体内
如今有了更好的向往和归宿
我没有强留的理由
它去的地方,自然会风生水起
如一片刚抽芽的树林
一座含苞待放的花园
也许,我该告诉它
一片荒芜的田野
更能彰显时间的价值
也许,它什么都知道
只是想用这样的方式成全我
让我关注自己的存在

平起平坐

太阳落下了,又升起了
春去了,又来了
花谢了,又开了
这样的故事,已重复了千万年
台下依旧听者无数
我也是其中一个
因为迷恋那些传奇
一站就是几十年
不知不觉,走到了舞台中间
成为故事里的角色
和我的祖辈们平起平坐

风的源头

循着风的来路
我去过风去过的所有地方
从东边的大海到西边的草原
从北边的雪山到南边的田野
听到了世界的喧嚣和沉寂
看到了世界的繁华和苍凉
寻觅风的源头
终点又回到起点
始终没有得到答案
直到有一天看到一句话
我如梦初醒
原来我才是风的源头,所有的风
来自我的呼吸,来自我内心的波澜
一念间,风和日丽
一念间,风雨如晦

所有璀璨的阳光,在眼里是苍白的

所有美丽的语言
在音乐面前是苍白的
所有悦耳的音乐
在色彩面前是苍白的
所有斑斓的色彩
在阳光面前是苍白的
所有璀璨的阳光
在眼里是苍白的
眼里的每一滴泪水
可以淹没整个世界
也可以拯救整个世界

秋天的请柬

路　灯

无论严寒，还是酷暑
无论冷清，还是繁华
它始终坚守在那儿
和那树、街道、房子一起
那人、那车
或许只是偶尔路过
和那风、那雨一样
它却要终其一生
苦苦等待

逃向另一个世界的出口

天空不是空的
没有山,有山的影子
没有树,有树的向往
没有河,有河的故乡
有云飘着,有鸟儿飞过
仿佛春天热闹的码头
所谓的日月,是另一个世界
窥视这个世界的窗口
也是这个世界的人们
逃向另一个世界的出口
我生在土里,长在土里
只是我的灵魂耐不住诱惑
总是昼伏夜出
像星星一样漂泊在夜空
等待出逃的最佳时机

与黑暗为伍

孤独的时候

喜欢与黑暗为伍

找一个僻静的角落

我靠着它,它靠着我

感觉很温暖、很平静

我会给它讲自己的故事

过去的、现在的,得意的、痛苦的

它习惯了倾听和沉默

不会像阳光一样,过于炫耀和喧哗

到处传播自己的秘密

时间久了,我总是愧疚不安

因为我的内心也渴望光明

只是我不敢对它说

怕它弃我而去

守墓人

我在划着竖线的宣纸上
写着方方正正的汉字
这些纸有一千多年的历史
这些字已被发明了六千多年
这样的遇见,让我惊喜
也让我恐慌,我小心翼翼
每写一个字都打好草稿
我家祖祖辈辈是农民
我也是,只是现在不再耕地
只在纸上写着对天地的敬畏
不敢有丝毫懈怠和亵渎
一定要写一个字成一个字
种一棵稻子,活一棵稻子
像我的祖先一样
我把我的手、脚还有身体
一笔一画,刻在石头上
每写一幅字,就盖上自己的印章
这是规矩,更是承诺
每个字就是一座坟茔

安放着我的祖先和他们的灵魂
我就在那小小的印章里
守着我的故土、我的家园

生死之间

我无法左右来路和归途

只有在中间的那段

选择走山路、水路或者陆路

我无法左右日出和日落

只有在风雨来临的时候

选择停留、前行或者原地徘徊

我无法左右繁华或荒芜

只有在生长的过程中

选择悲伤、愉悦或者沉默

老天把生和死交给了命运

把生死之间交给了我们

我们穷极一生

只做两件事,取和舍

隐瞒身份

我喜欢去人多的地方
那里没有异样的目光
因为他们和我是同类
那些人少的地方
如草原、沙漠、森林、田野
在它们眼里,我是个入侵者
总想改造它们
我害怕一个人走路
特别是去人迹罕至的地方时
手里总会拿一根木棍,用来防身
那些动物看到我
会以为我是一棵走散的树
真有树砸向我时
会以为我是它们的兄弟
我经常做一些古怪的梦
或许我的前世真是一棵树
只是在这辈子隐瞒了身份